D+

dear+ novel

KOINI KATARUNI OCHITEYUKU・・・・・・・・・・・・

恋に語るに落ちてゆく

栗城 偲

新書館ディアプラス文庫

恋に語るに落ちてゆく

contents

恋に語るに落ちてゆく……005
僕は君へと落ちてゆく……147
あとがき……224
おじいちゃんの婿いびり……228

illustration:樹 要

恋に語るに落ちてゆく

Koini Kataruni Ochiteyuku

蜷川霙《にながわみぞれ》を評するのに、一番多く使われる語句は恐らく「おぼっちゃん」である。

それは、霙の実家が裕福だという背景の他に、実際に家人からそう呼ばれているからだ。ぼっちゃん呼びを友人に聞かれて揶揄《からか》われたことは今も軽くトラウマだが、もう二十二歳だというのにぼっちゃん呼ばわりをされるのは、本人としては当然不本意である。

「……朝、久々に吉田《よしだ》さんに『ぼっちゃん』って呼ばれた……」

朝食の席に着きながらそうぼやくと、会社経営からは一線を退《しりぞ》き、現在蜷川家で一番暇を持て余している祖父の蜷川辰巳《たつみ》は、食後のお茶を啜《すす》りながらふうんと相槌《あいづち》を打った。霙と似た大きな目をきょろりとさせ、新聞に視線を落とす。

吉田とは、霙が生まれる前から蜷川家でお手伝いとして働いている女性の名前だ。元々は家政婦協会から派遣されてきたが、その働きぶりを祖母が気に入って正式に蜷川家で雇い入れた女性である。

霙だけでなく、親兄弟は子供の頃、母親よりも彼女と共に過ごした時間のほうが長かったくらいで、蜷川家にとって吉田は第二の母親のようなものだった。彼女にかかれば霙の父でさえ「ぼっちゃん」である。

その第二の母親が、てきぱきと目の前に朝食を運んでくれる。

「早く食べちゃってくださいね。遅刻はいけませんよ！　ぼっちゃん！」

どん、と味噌汁《みそしる》の椀《わん》を置きながら彼女が言うと、辰巳が「そうだそうだー」と混ぜっ返す。

吉田は少し下がり気味の目じりをきらりと光らせ、「旦那様も」と言い添える。

「こんなところで油を売っていないで、少し運動でもなさったらどうです。道楽で屋台なんて引いてて、今に腰にきますよ」

まくしたてて、吉田は洗濯場へと戻っていった。辰巳は「やぶへびだったな」と苦笑する。

霙の祖父は、独身のときに立ち上げた缶詰の会社を、一代で大会社と呼ばれるまでに成長させた。バブルの崩壊後もそれをものともせずに更に大きくなった食品メーカーを、今は後裔《こうえい》に譲《ゆず》って隠居生活を送っている。

そんな彼が「実は昔からやってみたかった」と言って始めたのが屋台のおでん屋だった。道楽と言われるのは、ようやく採算が取れるようになるまで三年ほどかかったからだ。

秋になったので、「おでんの季節が来たぜ……」と近頃やけに上機嫌である。

「吉田さん、またぼっちゃん呼ばわり……」

「そりゃお前、全員出払って、ほぼ無職状態の俺ですら朝食が終わった時間帯なのに、起こされないと目が覚めないようなやつは手のかかる子供扱《あつか》いでもしょうがあんめえ」

眉尻《まゆじり》を下げた霙に、辰巳は肩を竦《すく》める。

「だって、俺のシフトいつも十時からなんだもん。九時過ぎに起きてもいつもなら間に合うのに今八時半だよ。俺にしたら早朝だもん……つか、俺もう二十二なのに『ぼっちゃん』って」

「いくつになろうと手がかかればそうも呼びたくなるんだろ」

そう言われると反論するのは憚《はばか》られて、霙は無言で箸《はし》を取る。

しかし言い訳をするなら、今朝の霙が起きられなかったのは、アルバイトのシフトがいつもより一時間も早いせいだ。

今日は九時からシフトが入っている。勤め人よりだいぶ遅い起床でも、霙にとっては辛《つら》い早起きだ。だから自分で起きられる自信がなかったので、吉田に「八時に起こして」とお願いしていたのである。

けれどなかなか起きられず、「あと五分」と言いながら布団にくるまっていたところ、「霙ぼっちゃん！　遅刻しますよ！」と布団ごと床に引きずり降ろされたのだ。

小学生の頃ならいざ知らず、自分が少々小柄《こがら》で痩《や》せ型《がた》とはいえ、成人男性のしがみついた布団を軽々引きずれる吉田に驚いて目が覚めた。

そのことも、久しぶりのぼっちゃん呼びも、ダブルでショックな朝である。

「ま、ぼっちゃん扱いがいやなら、年齢に見合った『大人』になるこったな」

いちいち正論を口にする辰巳に、霙はぶすくれながら朝食を掻《か》きこむ。数分で食事を終え、霙は食器を流しへ運び、鞄を摑んだ。

「いってきまーす！」

気を付けて行けよー、という辰巳の声を背に、霙はばたばたと家を出た。

霙は高校を卒業した後は定職に就かず、年の離れた兄二人のように家業にも関わっていない。現在は自由気ままなアルバイトをしている、良くも悪くも「おぼっちゃん」だった。

進路については、周囲にはいろいろ言われたが、両親は特に霙に対してなにも言わなかった。出来の悪い末っ子ということもあり、昔から放任なのだ。もっとも、口うるさく言ったところで、霙には兄たちほどの結果が望めないと諦《あきら》めているというのもあるだろう。

霙も、なにも初めから努力をしなかったわけではない。けれど、兄たちには敵《かな》わないという自覚もあったし、両親も周囲もあからさまに期待はしていないという態度だったので頑張るのをやめてしまった。

それでもひねくれずに育ったのは、末っ子ということもあって両親や兄たちから可愛《かわい》がられたという自覚があるせいだ。出来の悪い子ほど可愛い、というやつらしい。

――まあ、人生なんとかなるなるー。

自転車を漕《こ》ぎながら、霙は能天気に鼻歌など歌ってみる。

ただ、いつまでも可愛がられてばかりでもなく、このところは小言が多くてうんざりしていた。筆頭は吉田で、加えて両親も兄たちも、顔を合わせれば二言目には将来の話をするのだ。

唯一口《ゆいいつ》うるさく言わないのは祖父の辰巳で、心配はしてくれているのだろうが面と向かって小言を言うことはない。

——俺は別に、死ぬまでほそぼそと暮らしていければそれでいいんだけどなー。下手《へた》すりゃ親の遺産で暮らしてけるし……問題はそれをもらえるまでどう食いつなぐかだけど。

そんな心づもりを知られたら、両親からも兄たちからもこんこんと説教をされるのはわかっているので口にはしない。

実家暮らしのため生活費は問題ないが、自由になる金は稼《かせ》ぐ必要があるので仕方なくアルバイトをしている。子供の頃から習い事もなにもかも長続きしなかった霙だが、唯一続いているのが現在のアルバイトだ。

昼はカフェ、夜はバーとして営業している「ラ・ファータ」というバルで、家からは自転車で約十五分の場所にある。駅とオフィス街に近い立地に加え、資格持ちのバリスタとバーテンダーがいるため味も折り紙付きで、近隣の同業者に負けずに繁盛している。

霙はそこで、二十歳のときから二年間、働いていた。シフトは主《おも》にカフェタイムだが、バータイムに入ることも時折ある。

店の前に自転車を停め、裏口からスタッフルームに入って着替えを済ませた霙は、笑顔で扉を開けた。

「おはようございまーす！」

既にカウンターの中に入っていた店長の赤宗《あかむね》が、美しい顔貌《がんぼう》に笑みを乗せた。

「おはよう、蜷川くん。ごめんね、早く来てもらっちゃって。今日牧田《まきた》くんお休みで」

「全然平気っす！」

下手《へた》な敬礼をしてみせると、赤宗は顔を綻《ほころ》ばせた。牧田はこの店唯一のバリスタの資格を有している人物である。今日はラテアートの注文は不可、と心に留めた。

「蜷川くんはいつも可愛いなあ」

「えー……？」

赤宗は、ユニセックスで非常に整った顔立ちをしているので時折誤解されることがあるものの、正真正銘《しょうしんしょうめい》の男性だ。霙より七つ年上の二十九歳のはずだが、線も細くて性別どころか年齢も不詳《ふしょう》である。お子様か草食系としか呼ばれず、今まであまり恋愛事に興味がなかった霙ですら、ちょっとどきりとするほどの美貌だ。

小柄な霙よりも少しだけ背が高く、美しい顔で霙を「可愛い」などと言うものだから、いつもどぎまぎしてしまう。

彼はオーナーと知己《ちき》で、数年前、会社員を辞めた際に店長として雇われたらしい。

常に落ち着いており、周囲を和《なご》ませられるのに、仕事はてきぱきとしていて、恋愛的な意味ではなく、霙にとっては憧《あこが》れの存在なのだ。

客の多くも彼のことが好きで、老若男女問わず彼目当てに店に足を運んでくる。味や立地も勿論《もちろん》だが、ラ・ファータが人気店なのは彼自身の存在も影響しているのだろう。

「あっ、そういえばこの間もらったコーヒー、じいちゃんがめっちゃ喜んでました。ありがとうございます」

霙の言葉に、赤宗がぱっと表情を輝かせる。

「あ、よかったー。開封しちゃったものなのに、お礼まで頂いちゃってなんか却《かえ》って申し訳なかったなって思ってたんだ」

にわかにコーヒーにはまった辰巳が飲みたいと言い出したのは、ネットで探しても売り切れていて見つからなかったゲイシャという種類のものだった。希少種で人気が高く、なかなか手に入りにくい高価なものらしい。

そんな話をしたら、赤宗が個人的に持っているから譲《ゆず》ってもいいと申し出てくれたのだ。お礼に蜷川フーズのカニ缶などを贈ったが、後で調べたら一杯二千円もするコーヒーなのだと知って仰天《ぎょうてん》してしまった。実家が金持ちとはいえ、時給九五〇円で働く霙からすれば、コーヒーに二千円は相当高価だ。

「こっちこそすんませんでした、無理言っちゃって。あの、本当に、もらっちゃってよかったんですか？」

「うん、来年もまた買うし。それに、せっかく飲みたい！　って人がいるなら、飲んで欲しいしね」

嬉しそうに微笑《ほほえ》む赤宗に、霙は自分も一緒に和んでしまう。

「あ、それで、今度じいちゃんが改めてお礼したいから店に食いに来て欲しいって」

「え？　おじいさまもなにかお店やられてるの？」

「お店っていうか……屋台なんですけど」

屋台、と鸚鵡《おうむ》返しに口にして、赤宗は目を丸くする。

「駅の近くの駐車場で営業してるんで、店が終わったときにでも来てくださいって。よかったら是非《ぜひ》！」

「へー！　いいねえ。屋台って、なんかもうそれだけでおいしそう！」

「いやぁ、まあ味はいいんですけど……」

儲《もう》けが度外視されていることもあり、具材から出汁《だし》までいいものを使っている。けれど、今でこそ常連客がついて売り切れることもあるようなのだが、以前は余らせたものが食卓に連日並んでいたので家族からの評判はすこぶる悪かった。

そんな裏事情を暴露《ばくろ》すると、赤宗は声を上げて笑う。

「なるほどー、それは外食産業共通の悩みだねえ」

それに、矍鑠《かくしゃく》としているとはいえ流石《さすが》に老体で屋台を引き続けるのは厳《きび》しいものがあるようで、最近よく湿布薬の匂《にお》いをさせている。

「でも、なんでもかんでも思いつきで始めるから大変ですよー。そんでもって、そういう計画性のないとことか、無駄に思い切りのいいとこで『霙はおじいちゃん似だ』とか皆に言われてちょっとむかつきました」

「あははは！」

納得いかない評価ではあったが、それでも辰巳のことが好きなので、似ていると言われるのは少し嬉しい。家族は亡き祖母がそうだったように堅実な人間が多く、だからこそ余計に高校卒業後ふらふらしている霙が心配なのだ。

「じゃあ、今度本当に行かせてもらっちゃおうかな」

「はい、是非是非。じいちゃん喜びます！」

好きなおでんのタネの話で盛り上がっていると、次第に客が増えてくる。十一時半も過ぎれば、昼のピークの始まりだ。

今日も頑張りましょう、とお互いに言い合って、霙は急いで氷やお冷の準備を進めた。


この日も無事ピークを乗り切り、霙はほっと息を吐いた。人の流れも徐々にゆるやかになってくる。十四時を少し過ぎた頃、ドアが開いた。

「――いらっしゃいませ」

長身だが猫背の男が、お辞儀をしながら中に入ってくる。スーツを纏《まと》った男は、ゆっくりとカウンターに歩み寄ってきた。

「佐藤《さとう》さん、いらっしゃいませ」

赤宗が挨拶《あいさつ》をすると、佐藤は精悍《せいかん》な顔にさっと朱を刷《は》いた。そして、ぎこちない動きでカウンターの端っこの席に座る。

彼はいかにも緊張した様子で、カウンターの上を見つめていた。

「お決まりですか」

「はっ！　あ、その……」

赤宗に声をかけられ、佐藤は背筋を伸ばし、居住まいを正した。ややあって、霙に助けを求めるような視線を送ってくる。

けれど、霙は心の中で声援を送るのみで、気付かないふりをした。

「あの！　ぶ、ぶ」

佐藤は声を上ずらせる。彼は赤宗を前にすると大概《たいがい》こうなるのだ。

佐藤は長身で、顔が意外と整っていることもあり、ぱっと見だとまるでモデルのような印象がある。だが、赤宗に対する挙動はいつも不審気味で、その無駄に整った見た目を若干《じゃっかん》損なっていた。

「ブレンドをお願いいたします！」

少々大きな声だったので、他の客がちらちらと佐藤に視線を向ける。益々《ますます》顔を赤くした佐藤に、赤宗は優しく微笑んだ。

「かしこまりました。お待ちください」

赤宗が背を向けると、ようやくといったように佐藤が体から力を抜く。

佐藤はこの店の常連で、赤宗を目当てに通っている客の一人だ。職業はフリーランスのライターだというが、常にきっちりとスーツを着用している。ラ・ファータから歩いて数分のところにあるマンションを自宅兼仕事場にしていて、時間に自由が利《き》くためかいつも混む時間をさけてやってくる。

店長狙《ねら》いの常連客の中でも彼は特にその好意がバレバレで、赤宗に話しかけられると顔を真っ赤にして固まってしまう。そういう不器用さが面白《おもしろ》くて、霙は個人的には彼を応援していた。

「――どうぞ」

赤宗はネルドリップでゆっくりと淹《い》れたコーヒーを、佐藤の前に置いた。佐藤は鉄板でも入っているのかというくらいに背筋をピシッと伸ばす。

「は、その、あ、ありがとうございます！　恐縮です！」

こんなにもあからさまに緊張した様子を見せているというのに、天然気味の赤宗は特にツッコミも入れず、微笑みながら「どうぞ召し上がってください」などと勧めている。佐藤は再び赤面して、「は、頂戴《ちょうだい》いたします！」とがちがちになった。

カップひっくり返さないようにしなよ、とこっそり笑いを堪《こら》えていると、赤宗に肩を叩かれた。

「蜷川くん、悪いんだけど、少しここ任せていいかな」

「あ、休みます？　大丈夫ですよ」

「ううん、そろそろ酒屋さんが来るから裏に行ってくる。その間ここお願い」

「はい、わかりました。……けど、ちょっとは休んでくださいよ。今余裕ありますから」

霙が言うと、赤宗は目を丸くし、それから「蜷川くんはいい子だねえ」と言いながらスタッフルームのほうへ行ってしまった。

赤宗は毎日朝から晩まで働いているので、一体いつ休んでいるのだろうといつも気になっていた。忙しくしているのはいいけれど、そのうち倒れるのではないかと懸念《けねん》している。

なにせ赤宗は霙よりも背は高いが、随分《ずいぶん》と華奢《きゃしゃ》なのだ。

スタッフルームへの戸が閉まるのと同時に、霙は佐藤を見た。佐藤は詰めていた息を吐き出し、霙に笑いかける。

「あー、緊張したぁ……」

「初めて会ったわけでもないのに、よくそう毎度毎度緊張出来ますね」

「しょうがないだろー。どうしても緊張するものはするんだよ……蜷川くんこそひどいよ。注文受けてくれればいいのに。あ、あとチーズトーストください」

言いながら、佐藤はやっとコーヒーを一口飲んだ。猫舌というわけではなく、赤宗を前に本当に緊張していたからだろう。

「さっき一遍《いっぺん》に頼めばよかったじゃないですか」

「無理無理！」

このヘタレ、と内心笑いつつ、霙は食パンを取り出した。

赤宗狙いの客は多く、霙や他の店員がオーダーを取りに行くとあからさまに不機嫌になったり残念そうにしたりする人もいる。一方佐藤は、却ってほっとしたような顔をするのだ。

高嶺《たかね》の花すぎて緊張してしまうらしい。そういうところも霙には好ましく思え、赤宗が忙しくないときは敢《あ》えて注文を取りに行かないようにする。赤宗が目の前にいたら、緊張することはするのだろうが、嬉しいことには違いないのだろうから。

「たまには赤宗さんと、ちゃんと喋ってみたらどうです？」

霙の指摘に、佐藤は頬を染めた。黙っていればいい男なのに、そうしていると年上ながら可愛らしくも見えてしまう。

「遠目に見てるだけでいいんです、俺は……それでコーヒー飲めるだけで幸せなんだから」

「ふうん。てか、佐藤さん、ライターなんでしょう？　そんな調子で、ちゃんとインタビューとか出来てるんですか？」

「してるよ！　出来てるよ！　もー、意地悪だなあ」

揶揄《からか》う雲に、佐藤は苦笑する。そう言いながらも本気で咎《とが》めてはいないのだろう、佐藤が情けない顔で肩を落とすので、つい笑ってしまった。

焼き上がったチーズトーストを出すと、佐藤はあっという間に平らげてしまう。いつも非常にうまそうに食べてくれるのだが、これも赤宗の前だと緊張して喉を通らなくなるのだから困ったものだ。

普段通りにしていれば優しげで男らしい顔を、残念な思いとともに見つめる。

「なに？　なんかついてる？」

「いえ、別に」

「――なに？　なんか楽しそうだね」

「あ、赤宗さんおかえりなさーい」

店内に戻ってきた赤宗に、佐藤は再び緊張に体を強張《こわば》らせた。そして、カップに残っていたコーヒーをぐいっと飲み干し、立ち上がる。

「あの、お会計お願いします」

「あ、はい。いつもありがとうございます」

咄嗟《とっさ》に前に出てしまったので、雲がレジへと向かう。「赤宗さんにやってもらったほうがよかったですかね」と小声で揶揄うと、佐藤が眉《まゆ》を顰《ひそ》めて赤面した。

「……結構ですってば、緊張しちゃうから」

「たまにはいいじゃないですか」

ぼそぼそと言い合いながら会計を済ませ、佐藤は霙と赤宗に会釈《えしゃく》をして帰っていった。

いつまで経っても慣れないのはどうかと思うが、佐藤があまりに不器用なので応援したくなるのだ。

——折角赤宗さんに会いに来ているのだろうに、今日はほんの数分しか顔を合わせられなくて残念だったんじゃないのかなあ。

本人はあれで満足なのだろうか。あの人はよくわからないな、と呆《あき》れ半分感心半分で思う。

カップを片づけに洗い場へ戻ると、赤宗は水出しコーヒーの準備をしていた。季節はもう冬だが、アイスコーヒーのオーダーは一定数あるし、余れば夜の部のドリンクへも回せるので、ラ・ファータのウォータードリッパーは通年で稼働している。

戻ってきた霙に気付き、赤宗は微笑んだ。

「佐藤さんて、いつもかちっとしてて日本男児って感じ」

「あー……日本男児」

「この間、お味どうですかって訊《き》いたら『おいしかったであります！』って言われた」

ほわわん、と花でも飛んでいそうな様子で赤宗が言うのに、霙は曖昧《あいまい》に笑った。

赤宗を前にすると、佐藤は緊張のあまり妙な話し方になるだけである。あれがスタンダードな佐藤ではないのだが、とりあえず黙っておくことにした。

「今はライターさんって言ってたけど、前はなにかスポーツでもやってたのかなぁ」

「どうなんですかね。体いかついですもんね」

スーツとコートでは体格まではあまりわからないのだが、触れたときはがっしりとした体だった。

「俺だったら落下してくる成人男子なんて支えられないもん」

「あー俺もです。っていうか落下してきたのが女子でも無理無理」

以前、霙は脚立《きゃたつ》ごと倒れそうになったところを佐藤に助けてもらったことがある。

ラ・ファータの入り口近くにある袖《そで》看板は赤宗の知人が作った鉄製のもので、外壁にねじで留められている。筆記体で作られた「La Fata」の文字の横に、影絵のような妖精のモチーフが飾られたものだ。

妖精のモチーフは開店以降一度も替えたことがないらしいが数種類あって、取り外しが出来る仕様らしい。今年の初夏の頃、その結合部のねじが緩《ゆる》んで斜《なな》めになっていたことがあった。

そのとき、たまたま手が空《あ》いていたので、霙がねじを締めに行ったのだ。

看板の下に立てた脚立を登ったが、位置の目算を誤ったらしく、若干《じゃっかん》上体を反らした無理な体勢になってしまった。

どうしようかな、と迷っていたらそこに丁度《ちょうど》佐藤が通りかかったのだ。

――なにしてるの？

——看板が緩んでるんで、ねじ締めようかと思って……。

そう言いながら、傾いているモチーフを支えつつドライバーを取り出そうとした瞬間、うっかりバランスを崩して霙は脚立ごと倒れかけた。

——あぶない！

地面に落下するのを覚悟したが、霙はとっさに手を出してくれた佐藤に抱き留められた。

いくら小柄とはいえ、霙は一六五センチある。佐藤はそんな霙をしっかりと支えてくれたのだ。

まだ少年と言っても差し支えないような体型の霙と違い、彼は大人の男の体つきをしていた。中身はいささか情けないところが目立つ彼だが、ああいう体躯《たいく》には憧れる。

佐藤は霙を支えたときに脚立と接触していたようで、数日後、店に来たときに腕に大きな青あざを作っていた。もう暑い時期だったのに長袖を着て誤魔化していたけれど、腕をまくった拍子に見えてしまったのだ。

彼は、それを霙のせいだとは一言も口にしなかった。そして霙が謝ると「蜷川くんに怪我がなくてよかったよ」と人のいいことを言ってのけた。

「同じ男として、佐藤さんみたいな人ちょっと憧れるっつうか、かっこいいなって思います」

霙が言うと、赤宗は「そうだねー」と相槌を打った。それは霙の本心だったが、少しだけ援護射撃のつもりでもあった。

けれど、赤宗の返しはいつも、あくまでもあっさりとしている。

——……まあ、男同士だもんなー。

自分もあまり恋愛経験などないので、協力しようにもこれが思いつく限りの精一杯である。しかもそれが効いているかどうかは微妙なところだ。

恋愛って難しいな、と霙は頭を悩ませた。

それから数日後、アルバイト中の霙《みぞれ》に次兄から連絡があった。お昼頃に電話を寄越していたようなのだが、忙しい時間帯のため霙は出ることが出来なかった。そのため、メールを送ってきたらしい。

休憩時間に入ってやっとメールを開き、そこに記されていた一文に霙はぎょっとする。

『じいちゃんが倒れた。危ないらしいから、すぐに家に戻れ』

携帯電話を取り落としそうになって、慌てて摑み直す。

混乱した頭のまま赤宗《あかむね》に相談したら、「ここはいいからすぐに帰りなさい」と言われて矢も楯《たて》もたまらず店を飛び出した。

必死に自転車を漕《こ》ぎ、霙は自宅へと急ぐ。

家に着くなり自転車を慌てて停めたら倒してしまったが、それどころではないと門から玄関戸までの距離をもどかしく思いながら走り、玄関に靴を脱ぎ捨てて祖父の元へ向かった。

「――じいちゃん！」

辰巳の部屋に、霙はラ・ファータの制服のままで飛び込んだ。カフェエプロンくらい外せばよかったかとそのときになってやっと思い至ったが、今はそんな場合ではない。

辰巳はベッドに横たわっており、傍《かたわ》らにはお手伝いの吉田《よしだ》が立っている。霙はぜいぜいと息を切らせたまま、辰巳の傍《そば》へと走り寄った。

「じいちゃん、じいちゃん！」

今朝《けさ》まであんなに元気だったのに。一昨日《おととい》はようやく赤宗におでんを振る舞うことが出来て、上機嫌だったのに。

危ない、というのはどういうことなのだろう。もう目を覚まさないのか。

「じいちゃん！」

もう一度呼びかけると、辰巳の瞼《まぶた》がぴくりと動いた。

そして、震える手を上げたので、霙はしっかりとそれを握る。

「うう……わしは……もうだめじゃ……」

いつも矍鑠《かくしゃく》とした辰巳の弱音に、霙は泣きそうになる。涙をこらえ、必死に辰巳を励《はげ》ました。

「じいちゃん！　しっかり！」

「もう動けない……」

「——ぎっくり腰ですから、動けませんね」

見かねた吉田が口を挟《はさ》み、霙はたと固まる。

「……ぎっくり腰？」

顔を上げ、吉田に問うと、彼女はベッドの傍らでしっかりと頷いた。

「ええ、ぎっくり腰です。なので、動けないのは本当ですが、死にはしませんよ」

改めて辰巳を見ると、握っていないほうの手で頭を掻《か》きながら「てへ」とウインクをしてきた。

呆気《あっけ》にとられ、けれど辰巳が無事だったと知り、霙はその場にへなへなとしゃがみこむ。

「……なんだよもー！　兄ちゃんから『危ない』って連絡があったから慌てて帰ってきたのに！　今の会話マジで焦ったんだからな⁉」

「すまんすまん」

そういえば、昔からこういういたずらをよくする祖父だった、と脱力した。今は歳も歳なので洒落《しゃれ》になっていない。

「心臓に悪いなあもう！　でもま、無事でよかったよー……」

落ち着いてみれば、本当に危篤《きとく》状態なのだとしたら、病院ではなく自宅にいるのも、ここに吉田以外誰もいないのもおかしい。そこまで薄情な身内ではないはずなのだ。

「今日はちょっといつもより酒瓶《さかびん》多く持っていこうと思って。どれくらいの重さかなーとケース持ち上げてみたらぐきっとな……」

ショックじゃー、と辰巳が泣き真似をする。

「年寄りの冷や水」

「そんで、駐車場で倒れてたらご近所さんに救急車呼ばれて……」

辰巳が倒れた、という情報と本人が死ぬ死ぬと大騒ぎしたことが中途半端に伝言されてくるうちに辰巳が危篤、辰巳が危ない、と変化していったらしい。

吉田の言うところによれば、両親や兄たちも一応帰ってきたらしい。単なるぎっくり腰とわかるやいなや、怒って仕事に戻って行ってしまったのだそうだ。

「あ！　ていうか俺もバイト抜けてきちゃったじゃん！　じーちゃんのアホー！」

「アホとはなんだアホとは！　……いでででっ」

いつもの調子で応酬《おうしゅう》した辰巳が、顔を顰《しか》める。ぎっくり腰の経験がない霙には想像出来ないが、相当辛《つら》いのだろう。一応本当に病人だったことを思い出し、「安静にしてなよ」と息を吐く。

「じゃあ俺バイト戻るね」

「ちょっと待て。俺が死ぬ前に聞いて欲しいことがある」

「ぎっくり腰では死にません。あと二十年は優に生きるくせに、死にそうなふりとか図々《ずうずう》しいぞ、じいちゃん」

霙の切り返しに、辰巳はいやいや、と手を振る。

「そりゃ、今すぐに死にはせんし、俺だって死ぬ気はないけどな、人間いつ死ぬかなんてわからんだろ。死ぬほど痛い思いをして、ちょっと俺にも考えることがあってな」

ぎっくり腰で大袈裟《おおげさ》な、とか殺しても死なないだろう、とも思うのだが、しんみりとしたその口調に霙はドアに向けていた足を止めた。

「……それ、また今度じゃだめ?」

「まあ待て。俺もただでとは言わん。……前から欲しがっていた平屋、お前に譲《ゆず》ってやるぞ」

「え!」

辰巳が言うのは、祖母がまだ健在だった頃に祖父母夫婦が住んでいた家のことである。都内の閑静《かんせい》な住宅街に建てられたそれは、日本家屋《かおく》の平屋で、間取りは4ＬＤＫと大き目だ。数年前にはリフォームも済んでいるが、今は誰も住んでいない。

「あれを、生前贈与《ぞうよ》でお前にやる。もちろん、相続税やら固定資産税まで面倒見てやる」

「マジで?」

その家が気に入っている、ということもあったが、持ち家さえあればもしこのまま真っ当に就職しなくても細々と生きていくことが出来る、と思っていたので、霙は以前から辰巳におねだりしていたのだ。

親や兄たちからは「将来が不安なら真っ当に働け」と至極もっともなことを最近は言われているのだが、もらえるものなら欲しい。

老後の安泰を目の間にちらつかせられたら断る理由がなかった。

「……で、その『聞いて欲しいこと』って？」

安請《う》け合《あ》いは出来ないが、ほぼ乗り気になった霙に、辰巳はにやりと唇の端を持ち上げる。

「お前に家を譲る条件は『友人への罪滅《つみほろ》ぼし』だ」

「……罪滅ぼし？」

なんじゃそりゃ、と霙は首を傾《かし》げる。

「俺には昔、佐藤、という親友というか悪友がいた」

「ふむ」

ラ・ファータの常連にも佐藤という男がいる。ありふれた名字なので別人に違いないだろうが、頭の中では見知った佐藤で想像してしまう。

曰《いわ》く「佐藤」という友人は辰巳の小学校からの幼馴染みであり、ライバルでもあったのだという。

勉強もスポーツも、就職先や給料まで、なんでも張り合ったのだそうだ。

そんな蜷川青年と佐藤青年は、ある日恋に落ちる。近所の〝カフェー〟で評判の小町娘だった牡丹《ぼたん》という女性に互いに一目惚れしてしまったのだそうだ。

「……もしかして、それがばあちゃん？」

「そうだ！」

えっへん、と辰巳が胸を張る。つまり、二人の勝負の結果は、辰巳に軍配が上がったということだ。

「ばあちゃんはどうしてじいちゃんを選んだの？」

「そりゃあおめえ、俺があいつよりもハンサムで甘いマスクの伊達男《だておとこ》だったからよ」

ほう、と疑惑の目を向けると、得意げに腕を組んでいた辰巳は耐えかねたように手を解いて白状した。

「……実は、俺があいつを出し抜いちまったんだよ」

「おいおい」

ライバル関係だったため、佐藤青年は「正々堂々勝負をしよう。そして、選ばれなかったほうはおとなしく手を引こう」と持ちかけてきたのだそうだ。

勝負の方法は至って単純、牡丹を呼び出し、二人同時に告白をする。彼女に選ばれたほうが勝利、という明快なルールだ。

「……で、じいちゃんはどうしたの？」

「勝負の前日にばあさんを映画に誘って、デパートの食堂で食事して、『俺の嫁《よめ》さんになってくれ』って口説《くど》いた」

「おい……」

「女はちっと強引なくらいがいいんだよ」

かくして、幸か不幸か祖母はルール無用の辰巳と結ばれ、正々堂々勝負を挑もうとした佐藤青年は恋に破れた。佐藤青年は恨《うら》み言《ごと》一つ言わず、勝負に負けたことは変わりがないと結婚式にも出てくれたそうだ。

「めっちゃいい人じゃん佐藤さん……」

「まあでも結婚式に出てくれたのはいいが、そのあと出奔《しゅっぽん》しちまってな。川崎だか長崎だかで造船に携《たずさ》わったとか聞いたが、連絡が途切れてようわからんくなった」

結局のところ、佐藤青年の失恋の傷は深かったようだ。

その出来事がなければ今この世に自分はいなかったわけだが、祖父の鬼の所業に、なんだか時を超えて申し訳ない気持ちにさせられる。

「今からじゃだいぶ遅いけど、佐藤さんとやらを探して謝りに行けばいいじゃん」

「ばっかお前、あいつに謝るなら俺が死んだ後だ」

つまり、探してみたら佐藤某《なにがし》は既にこの世にはいなかった、ということなのだろう。なんだか自分とは本来関係がないはずなのに、とてつもない良心の呵責《かしゃく》に苛《さいな》まれる。

渋い顔をしている孫に、辰巳はなんだよ、と眉を寄せた。

「勝負は非情であるべきだろ」

「まあそうかもわからないけど、でもじいちゃんだってそれがまだずっと引っかかってるから、罪滅ぼしがしたいとか今になって言ってんでしょ?」

「……まあ、な」

その場で謝って済む問題ではないのだろうが、もう少し若いうちに和解をしておけばよかっただろうに、と霙は息を吐く。

「で、死んだ佐藤さんにどうやって罪滅ぼしするつもり?」

「実は……ひょんなことから友人の孫がうちの屋台の常連だって知ってな」

「屋台の? またなんというか奇遇だな」

初めて立ち寄ったその相手を見たときに、「顔が似ている」と思ったのがきっかけらしい。

声も似ているし、体格も似ているし、顔も面影《おもかげ》があるような気がする……と一つ気になったらどんどん気になってきて、彼の祖父の名前を訊《き》いたら自分の友人と同じ名前だったという。

「じいちゃんの友達、佐藤なんていうの?」

「一郎だ」

「同姓同名の別人じゃね?」

そんなありふれ切った名前、かぶってもおかしくないだろう、と疑惑の目を向ける。

けれど辰巳は首を振った。

「別人じゃねえよ。ちゃんと会社の名前とか、本籍の住所とかも訊いたし」

そして辰巳は、その相手がかつての友人の本物の孫だと確信したのだそうだ。

「死んでる相手には、お前の言うとおり手の出しようがない。なら生きてる孫に罪滅ぼしも悪くねえだろ？　自己満足は重々承知だ。……手伝ってくれねえか」

「で、そのお孫さんへの『罪滅ぼし』ってどうすんの」

「それがどうも、その孫が今悩みに悩んでるようでな」

しかも恋愛ごとだ、と辰巳はにやりとする。恋の悩みを解決へと導くことが元恋敵の友人への罪滅ぼしにならないかと考えたようだ。

なんと独《ひと》り善《よ》がりな罪滅ぼしか、と己《おのれ》の祖父ながら呆れて霙は渋面を作る。

だが、それが家を譲ってもらう条件ならば仕方がない。

「で、具体的にどうすればいいわけ？」

「それを考えるのはお前の役目だろ。おでんの屋台を引いて、店番しつつ解決してくれよ」

「は⁉」

既に万端整えているかと思えば、なにも始まっていないらしい。

更に聞き捨てならない言葉も投げつけられ、霙は思わず身を乗り出した。

「しかも、店番するってなんだ⁉　聞いてねーぞ！　っていうか罪滅ぼしを丸投げって、それ本当に悪いと思ってんのかじーちゃん⁉」

「思ってるけど、腰が痛くて動けんもーん」

「また思い付きだろ⁉」

霙は基本的にカフェタイム中心にアルバイトをしているが、時折夜にシフトを入れることもある。たとえ日中だけだったとしても、昼間はラ・ファータでアルバイトをして、それから更に夜まで屋台の店番をするというのは辛い。

やっぱりやめようかな、という考えが過《よぎ》ったのが顔に出たか、辰巳はうう、と泣き真似をしてみせた。

「老い先短い老人の願いくらい、聞いてくれたっていいだろ？　……お前が頼みの綱なんだよ、霙ぇ」

「もう、霙さん以外には全員に断られてますから」

部屋の隅に控《ひか》える吉田の科白《セリフ》に、霙は目を丸くする。

「え、そうなの？　ていうか、親父たちにも同じこと頼んだの？」

むしろ、あの仕事の鬼のような父と兄たちに頼んだ気概《きがい》がすごい、と霙はどうでもいいところに感心する。

当然「馬鹿言うな」と断られ、四人ともさっさと自分の仕事場に戻ってしまったらしいが。

容赦《ようしゃ》ないなと苦笑しながら、霙は息を吐いた。

「……わかったよ」

「霙！　さすが俺の孫！　一番似てる孫！」

罪滅ぼしに繋《つな》がるエピソードを聞いた後では似てると言われてもまったく嬉しくないんだが、と溜息を吐いて、霙は項垂《うなだ》れた。


辰巳に色々と注意事項を聞き、霙は翌日の夜から屋台を引くことになった。

おでんの仕込み自体は辰巳が済ませ、霙はそれを売るだけの仕事だ。けれど一番のネックは店番よりも、「屋台」という販売形態そのものだった。

リヤカーを改造した屋台は、おでんや調理器具などを積んでいるせいか思ったよりも重量がある。

——確かに、これは腰に負担が……。

ずるずると屋台を引きずりながら、霙は「定位置」まで移動した。

屋台はまず町内を一周し、その後は駅のロータリー横にある駐車場に停めて、椅子なども配置して営業をする。その駐車場も蜷川家の持ち物なので、特に警察や堅気《かたぎ》ではない商売の人に絡まれることはないらしい。

今回の件を踏まえ、屋台の移動販売に関しては、腰に負荷がかかりすぎるということで、雲の父によって禁止令が辰巳に下った。辰巳の復帰後は、駐車場内に簡易ガレージを作って屋台を停めておき、営業時にそこから出して販売するだけとなりそうだ。

「町を練り歩くのが屋台の醍醐《だいご》味《み》なのに」と辰巳は大いに不満を漏らしていたが、父や兄たちに説教されてしょんぼりと引き下がった。

この屋台を引っ張りまわすのは、若い雲でも相当に体力を消耗《しょうもう》する。

——ていうか……さっむうぅ……。

まだ十月に入ったばかりだというのに、冷たい風の吹きすさぶ駐車場に立つのは思ったよりも寒さがこたえる。屋台に付けられた温度計を確認すると、現在の気温は十度前後だ。今日に限って十二月並みの冷え込みということで、前日の最低気温との差が十度もあるせいか余計に寒く感じた。

昨日までは半袖を着ていた人もいたくらいだったのに、目の前を通る家路を急ぐ人の中には、コート姿もちらほら見られる。

屋台を引いたせいで汗をかき、それが冷えたというのもあるだろう。おでん鍋《なべ》では意外と暖がとれず、雲は念のためと持たされたジャケットとマフラー、帽子とマスクを身に着けて客待ちをする。あまり着ぶくれすると作業がしにくくなるが、我慢できないものはしょうがない。

ほっと一息つき、客が来るまでは特にすることがないので手持ち無沙汰《ぶさた》となった雲は、携帯電話を手にする。

――あ、赤宗さんからメール！

メール画面を開くと、休憩の合間に送ってくれたのか、届いたのは一時間ほど前のようだ。

『今日は冷えるから、風邪ひかないようにね。こっちのことは気にしないでいいから、頑張って！』

――赤宗さん、優しい……！

昨日、辰巳の願いを引き受けてすぐにカフェへと戻り、暫《しばら》く夜シフトに入れない、という事情を説明した。

既に翌週のシフトを組んだばかりで、一日だけバータイムに入る日があったのだ。

ひとまず、裏切った幼馴染みへの償《つぐな》い話は置いておいて、辰巳のぎっくり腰が治って復帰出来るようになるまで屋台を代わりに営業したい、という申し出をしたところ、赤宗は二つ返事でOKしてくれた。

――大好きなおじいさまの屋台だもの、そっちを優先してあげて。

菩薩《ぼさつ》のような笑みで許可してくれた赤宗に、霙は心から感激した。

すみません、頑張ります、とメールの返事をして、霙は気合いを入れ直す。

――……といっても、相手の情報、全然わかんないんだよなぁ。

名前が「佐藤」だということ、男性であること、年齢はアラサーと思われるということくらいしか情報がない。

「……あれ？　やってる？」

「あ、はい！　いらっしゃいませ」

のれんを捲《ま》くって入ってきたのは、恐らく常連だと思われる五十代くらいのスーツの男性客だった。

「いつものおやじさんは？」

「じいちゃん、腰やっちゃって屋台引けないので、孫の俺が代理なんです。おでんはじいちゃんが作ってるので、味は大丈夫です！」

「あ、そうなんだ。お孫さん？　お大事にって伝えといてよ。じゃあ、ビールと、大根、たまご、じゃがいもくれる？」

「はい！　ありがとうございます」

とりあえずおでんの味が変わらないと知って、男性はほっとした様子だった。

ところで屋台って他の人が引いてもいいの、と問われ、許可は取りましたと頷く。

霙も最初、無資格の自分が引いていいものかと思ったが、食品衛生責任者の資格は辰巳が持っているし、道路使用許可の申請《しんせい》もあらかじめ通っているので代理人が営業しても問題はないようだ。

けれど、そんな心配をしたせいで、キャンセル待ちで空《あ》きの出た講習会に突っ込まれ、土壇《どたん》場《ば》で食品衛生責任者の資格を取らされたのは藪蛇《やぶへび》だった。久々に長時間の講義を受けたので、体のあちこちが痛い。

そしてその男性を皮切りに、ぽつぽつと人が集まり始める。辰巳の現状を話したり、逆に普段の辰巳の仕事ぶりを聞いたりしながら、時間はまったりと進んでいく。

辰巳の法螺《ほら》話だと思っていたが、存外本当に常連客が多いことに驚いた。回転率も悪くなく、長く飲む人もいるものの、基本的には少し飲んで食べて帰る、というのが定石のようだ。他の客が来たのをきっかけに席を立ったりする、譲り合いの空間でもある。

今日は気温が低いこともあってか、それほど長居をする人もいないらしい。二十三時半を過ぎたところで、残ったのは男性客一人だ。

——……若い人なんて、殆《ほとん》ど来ないんだな。

普段はどうかしらないが、この日は四十前後の男性が一人来たくらいで、あとは霙の父親世代の男性客ばかりだった。

辰巳の言っていた「アラサーくらいの男性」は、まだ来ていない。客層を見ると、案外途方もない人探しではないのかもしれないと、希望を抱く。

そう思い始めた頃、のれんが上がった。

「あれ……？　おやじさんは……」

「——！」

不安げな声と共に顔を出したのは、待ちに待った三十前後の若い男性だった。

その顔に見覚えがありすぎて、霙は目を瞠《みは》る。

——佐藤さんだ！

バルの常連客である、佐藤の登場に霙はしばし無言で立ち尽くした。

佐藤は霙に気付かないまま、先客の男性から一番遠い、逆側の端に腰を下ろす。

「冷酒ください。あとたまごとこんにゃくと、ちくわ……」

「あ、はい」

声を聞き、ますます眼前の客は佐藤なのだと確信を深める。けれど佐藤は、まだ霙に気が付いていない。

マフラーとマスクで半分顔が隠れているせいかもしれない。

冷酒を出し、おでんを皿にのせたところで先客の男性が席を立つ。会計を済ませたら、屋台には佐藤と二人きりになった。

「——おやじさん、どうしたんですか？」

視線をおでんに向けたまま、佐藤がぽつりと口を開く。

まだ本当にこの「佐藤」が、辰巳の旧友の孫の「佐藤」なのか判然とせず、霙はどきどきしながら答えた。

「ぎっくり腰やっちゃいまして。でも、おでんの味はじいちゃんの仕込みなので、いつも通りですよ」

なんとなくいつもより低めの声を出してしまう。佐藤は霙に気付かぬままおでんに箸をつけた。

「ああ、そうですね。いつもと同じ味です」

おいしいです、とどこか沈《しず》んだ様子で口にしながら、佐藤はさらに深く俯《うつむ》く。

「あの」

霙の呼びかけに、佐藤は顔を上げない。

入ってきたときはあの佐藤かと思ったが、やはり別人かもしれないと思い始める。いつもの彼とは、様子が違う。普段の佐藤はこれほど覇気《はき》のない男ではない。

「……じいちゃんに、なにか伝えましょうか？　腰痛めただけで、元気なことは元気なので」

水を向けた霙に、佐藤ははっとして顔を上げた。それでもやはり霙の顔を見ないまま、ゆるく頭を振る。

「いえ……療養してるおやじさんに言わなきゃならないほど、大した話じゃないんです。ただ愚痴《ぐち》りたいだけで、相談にもならない話だし、いつも代わり映《ば》えのないことをぼやいてるだけで……」

相談、というワードに、霙はやはり佐藤が辰巳の言っていた「友人の孫の佐藤」なのだと確信する。

こんな偶然ってあるのか、と戸惑いながらも世間の狭《せま》さにテンションが上がった。

さっさと正体をばらして聞いてしまおうと開いた口を、直前で噤《つぐ》む。

――……もしかして、俺だってわかったら話してくれないかも。

祖父は佐藤が抱《かか》えているのは「恋愛の悩み」だと言っていた。もしかしたら、その相手は霙の働くバルの店長・赤宗かもしれないのだ。

けれど赤宗の近くにいる霙に協力を仰《あお》ぐのではなく、まったく無関係なおでん屋のおやじに相談している。ということは、もしかしたら佐藤は相手が霙だとわかったら、容易に愚痴など言ってくれない可能性も高い。

「……俺でよかったら聞きますよ」

心の中とはいえ、一応今まで応援していたつもりだったので少々寂しくなりながらも、正体を明かさないまま霙は申し出る。佐藤は一つ溜息を吐いて「しょうもない話です。すいません」と言いながらも口を開いた。

「おやじさんにも愚痴ってたんですけど、実は……ずっと行きつけのカフェの店長さんに片思いをしてて……」

――おお、やっぱり！

そう答えるわけにもいかないので、そうですか、と返す。

「最初は綺麗な人だな、笑顔が素敵だな、と思ったのがきっかけで……仕事がうまくいかないときに優しく微笑《ほほえ》まれるとそれだけで元気になって。会うと緊張しちゃうんですけど、でも遠くで見てるだけでも幸せで……」

いつも赤宗相手に動揺している様子くらいしかまともに見たことがない。そんな彼が、愛《いと》おしげに、まるで、大事なものだとでもいうように好意を語る。見知った男性が恋を語るのにどぎまぎしながらも、その様子を素敵だなと思ったし、なんだか羨ましくもなった。

霙はあまり恋愛ごとに興味がなく、誰かを好きになった経験がない。押しの強い女子に流されるまま付き合ったことはあったが、一向に彼氏らしいことをしない霙に愛想を尽かして、彼女はいなくなってしまった。

そんなことを思い出していて無言になった霙が己に呆れたと思ったのか、佐藤はしゅんと肩を落とす。

「でもこういうのって男らしくないというか、我ながら気持ち悪いなって思うんです」

「そう、ですか?」

「そうでしょう。情けないですよ、馬鹿みたいに緊張しちゃって、言葉も出てこなくて」

自己嫌悪に苛《さいな》まれる佐藤に、霙は味のしみた大根を差し出す。注文などしていない佐藤は、不思議そうに眼を瞬《しばたた》かせた。

「あの……?」

「サービスです」

どうも、と動きかけた口が止まる。そして佐藤は、眼球が零れんばかりに目を見開いた。

「あれ……？　あれ？」

じっと霙の顔を見つめ、佐藤はおもむろに席を立つ。安物の椅子が、音を立てて倒れた。佐藤はそれを慌てて起こし、信じられないとでも言いたげに霙を凝視する。

「ラ・ファータの……蜷川さん⁉」

「あ、はい」

ようやく気付いてくれた、と苦笑すると、佐藤は一瞬の間を置いた後、さっと顔色を変えた。先程から酒を飲んでも全く変わらなかった顔が、茹《ゆ》でたように真っ赤になる。その後瞬時に真っ青に変化した。それはオレンジ色の蛍光灯の下でもはっきりとわかるほどだ。

赤くなったり青くなったりを繰り返した後、佐藤は椅子に腰を下ろす。そして、組んだ手の甲に顔を伏せた。

「あの、改めまして……蜷川です。す、すいませんなんかだまし討《う》ちしたみたいで」

「うわー……全然気付かなかった、すいません。どんだけ必死だったんだ俺……恥ずかしいー……」

そんなに気にすることでもないだろうに、佐藤はうわー、と悶絶《もんぜつ》している。

ややあって、重苦しい溜息を吐き、自嘲《じちょう》するような笑みを浮かべながら顔を上げた。

「……今の話でわかっちゃったよね、俺……店長の赤宗さんのことが、本気で恋愛的な意味で好きだったんだ」

確かに明確に「赤宗が好きだ」と聞いたことはなかったが、普段の挙動でバレていないとでも思っていたのだろうか。なにを今更、と心中で呟きつつ、霙は頷く。

「あ、はいわかってます」

「えっ」

「応援しますよ。というか、協力しますよ」

「えっ……なんで?」

なんで、と問われて一瞬返答に詰まる。

それは辰巳に「佐藤の孫に協力してやれ」と頼まれたからなのだが、正直には言いづらい。そして「罪滅ぼし」の件を佐藤に言ってもいいのかどうか、辰巳に聞きそびれていた。

「それは、えっと……今までだってさりげなくフォローしてきたじゃないですか。身近な人の恋愛って協力したくなるでしょ? 幸い、俺は赤宗さんとは一緒に働いてるし」

「いや、でも……協力してもらえるのは有り難《あ がた》いけど、蜷川くんにはなにもメリットがないし、それに——」

言い淀《よど》んで、佐藤は視線を逸《そ》らす。首を傾げると、佐藤は言いにくそうに口元を指で擦《こす》った。

「……それに、俺も赤宗さんも男なので」

「あ、そっか。そうですね。でも好きならしょうがないんじゃないですか?」

とにかく協力しなきゃ、というのが頭にあったので、指摘されて思い至る。

「赤宗さんは美人だから好きになってもしょうがないかなって思うし、好きなものは好きだからしょうがないですよ」

自分はそこまで人を好きになったことはないが、恋愛というのはきっとそういうものなのだろう。

――とにかく相手が男だろうと女だろうと動物だろうとなんだろうと、佐藤さんの願いが叶えば、俺は家ゲットだし。

うむ、と顎を引くと、佐藤はぽかんとした後、笑い声を上げた。

「ありがとう。……そう言ってもらえて、凄《すご》く嬉しい」

「あ……はい」

謝辞と共に笑顔を向けられ、ぎくりとする。

私利私欲を隠して協力することに本気で感謝されて、罪悪感にとてつもなく胸が痛んだ。

「これもなにかの縁じゃないですか」

俺は偽善者《ぎぜんしゃ》だ……と苦悩しつつも、ここまで来たら引っ込みがつかない。

「そういうこと言われると、本気で甘えちゃいそうだな」

「どうぞどうぞ！　利用してください俺なんか。使えるもんは使いましょう！　ね！」

他ならぬ自分への言い訳に、佐藤が笑う。

「はは、どうしたの急に。じゃあ、よろしくお願いしちゃおうかな」

慈善《じぜん》事業ぶりながらも実は自分にもメリットがあるだなんて、良心が激しく痛んだが黙っておいた。

「ほら、敵をうつなら馬からっていうじゃないですか」

「将を射《い》んと欲すれば先《ま》ず馬を射よ？」

「そうとも言う！　ていうか、赤宗さんのことってどれくらい知ってるんですか」

「どれくらいって……あそこの店長さん、なんだよね？　それと、前に別のお客さんと東京出身って話してたから、それは知ってる。以前雑誌の企画でインタビューしたから、お店の情報なら詳《くわ》しく知ってるけど」

逆にいえばその程度しか知らない、ということだ。

ふむ、と思案して、霙は自分が知っている彼の情報を提示する。

好きな食べ物や趣味、最近はまっていることなどを思いつくままに話していくと、佐藤はふむふむと携帯電話にメモをしはじめた。

けれど霙が知っている情報もそれくらいなもので、あまり深いところは知らない。

「……なんか、情報量に大した差はなかったですね」

「ううん、そんなことないよ！　ありがとう！」

たったそれだけだったのに、佐藤は新しい情報を得られて嬉しそうにしている。

「逆に、佐藤さんが知りたいこととかないんですか」

「え……そりゃあやっぱり、恋人はいるのかな、とか……」

はにかみながら言われた言葉に、それもそうかと合点《がてん》がいく。

「じゃああと、好みのタイプとか訊いてきましょうか」

「うん。それと――」

言いかけて、口を噤んだ佐藤に、霙は眉を寄せる。

「言いかけて止められると気持ち悪いんですけど……なんですか？　なんでもいいですよ」

「いや、それを聞いたら、蜷川くんが変な風に思われるんじゃないかって」

「変って、なにがですか？」

「蜷川くんは……男同士に偏見《へんけん》はない？」

改めて訊かれて、霙は目を瞬く。

「別にないですよ。さっきも言いましたけど、好きになったもんはしょうがないじゃないですか」

霙の返答に、佐藤は目を丸くし、そして安堵《あんど》の表情を浮かべる。

同性相手ならば成就《じょうじゅ》する可能性が多少下がるかもしれないが、霙個人には特に思うところはない。

「じゃあ、それもさりげなく訊いときますね！」

「うん。じゃあよろしく」

差し出された手を、霙は握った。自分よりも大きくて厚みのある手だ。

満面の笑みを前に再び騙《だま》しているような気分になったが、精一杯頑張るので許してください、と心中で手を合わせる。

その晩は佐藤と連絡先を交換し、辰巳にもその旨《むね》を伝えた。辰巳の「罪滅ぼし」については、足長おじさんみたいに秘密で協力して、後で種明かしするほうが面白《おもしろ》いから今は黙っておけ、と言われてしまった。

勝算はあるか、と訊かれたがやってみなければわからない。彼の恋愛成就は自分の老後の安定に繋《つな》がっている。なにより、佐藤はいい人なので幸せになって欲しい。

互いの幸せを目指し、明日から赤宗へのリサーチを頑張ろうと、霙は気合いを入れた。


「店長って、彼女っているんですか?」

翌日、ピークも過ぎて人もまばらになってきたところで、さっそく霙《みぞれ》はそんな話題で切り込んでみる。

傍《かたわ》らで洗い物をしていた赤宗《あかむね》が、ぴたりと動きを止めた。

「どうしたの、急に。そういう話題振ってくるの、珍しいね」

「そうでしたっけ？」

そらとぼけてみたが、実際、霙は恋愛の話を振ることは少なかった。

確かに突然こんな話をしだすのは不自然だったかもしれない。しかし、口に出してしまったのでもういいかと開き直り、霙は問いを重ねた。

「で、どうなんですか？　いるんですか？」

じいっと見つめながら問うと、赤宗は少々困惑した様子で首を傾《かし》げた。

どうなんです、と更に重ねた霙に、気圧《けお》されたように赤宗が口を開く。

「んー……彼女はいないよ？」

返答に、霙は思わず満面の笑みを浮かべた。心の中で、よかったね佐藤《さとう》さん、恋人いないってよ！　と佐藤に思念を飛ばす。

「じゃあ好みのタイプは？」

「本当にどうしたの？　……好みのタイプっていうのは特にないかな。好きになった相手が、好きなタイプっていうか」

「えー……」

ある程度理想があるのなら、それに近づく努力くらいは出来るというものだが、赤宗の回答ではなんの指標にもならない。

あまりに不満げな顔をしてしまったからか、赤宗は苦笑して言い添えた。

「んー、じゃあ月並みだけど、優しい人、かな」

「なるほど、優しい人！」

優しい、というなら佐藤も条件はクリアしている。

勿論《もちろん》そればかりでは恋人になんてなれないだろうけれど、まずは小さな事柄《ことがら》でも希望と合致しているというのは大事なことだ。

「あとは……俺がちょっとぼんやりしているから、そういうのを許してくれる人……とか、かな？」

「え？　ぼんやりしてます？　赤宗さんがぼんやりしているなら、俺なんて目ぇ開けて寝てるレベルじゃないっすか？」

そういうと、赤宗はぷっと吹きだした。

赤宗はゆるゆるしていて、昔でいうところの「癒《いや》し系《けい》」というやつだ。のんびり屋だし天然気味だが、仕事はてきぱきとしているし、目配り気配りが出来て手も早い。

「まあ、でも確かに蜷川《にながわ》くんもぼんやりかなぁ」

「マイペースってことにしましょう！」

そうしましょう、と言うと、赤宗はおかしそうに声を立てて笑った。

「じゃあ、赤宗さんの好みのタイプは優しくて、包容力がある人ってことですかね？」

それならば、佐藤にも望みがあるというものだ。

前のめりになって聞いた霙を、赤宗がじっと見つめてくる。

「？　なんですか？」

首を傾げると、赤宗は頬を緩《ゆる》めて頭を振った。

「ううん。そうだね、あと……ちょっと対人関係に不器用なところがあっても、優しい人かな。誰もが気付く優しさじゃなくても、優しい気持ちがちゃんとある人。俺だけが気付けばいいって思ってるのを知られたら幻滅《げんめつ》されるかもしれないけど……大事にしてくれて、大事に出来る相手がいいよね」

「なるほどー！　いいですね、そういうの！」

霙は今まで「好みのタイプ」と訊《き》かれたらなんとなく外見に関することを適当に答えてきたので、赤宗のような返答に感心してしまった。

確かに、お互いに大事にしあえる相手というのは重要かもしれない。

落下してきた霙を抱き留めて怪我までしたのに、それを霙が気に病むだろうからと内緒にしようとしていた佐藤ならば、きっと恋人はもっと大事にするだろう。そういう佐藤なら、赤宗だってきっと、大事にしようとするはずだ。

——いけるんじゃね？　お似合いじゃね？

うんうん、と一人納得して、霙は破顔した。

そんな霙を、赤宗は微妙な笑顔で見ている。不審だったかもしれないと気付き、霙は咳払《せきばら》いをする。

「……ところで、赤宗さんは」

霙は赤宗に身を寄せて、声を潜《ひそ》める。

「男同士ってどう思います？」

霙の科白《セリフ》に、赤宗は目を瞠《みは》った。

やはり、突然そんなことを言われても受け入れられないだろうか、と不安になる。それに、これだけ綺麗な人ならば、そういったことで色々嫌な思いもしたことがあるかもしれない。

赤宗は答えず、じっと霙の顔を見つめてきた。その視線にどこか探るような気配があって緊張したが、霙も赤宗を見返す。

自分の表情で佐藤のことがばれやしないかと、どきどきした。

「それは……」

「やっぱりダメですか？」

霙が思ったより悲壮《ひそう》な声が出て、赤宗はぐっと言葉に詰まる。そして、少々視線を彷徨《さまよ》わせた後、小さく息を吐いた。

「男同士を駄目だとは思わないよ」

「マジっすか？」

光明が差した、とばかりに表情を明るくした霙に、赤宗は苦笑する。

それから、しばし悩むような表情で黙考《もっこう》した後、再び口を開いた。

「……異性同士でも同性同士でも、好きになるって気持ちは止められないじゃない？」

「そう、ですかね」

佐藤には似たようなことを言ったが、あいにくと経験がないので、曖昧《あいまい》にしか答えられない。

そんな霙に、赤宗は優しく口元を綻《ほころ》ばせた。

「そうじゃないかな。詭弁《きべん》かもしれないけど、性別がどうってことじゃなくて、その人だから、好きになるんだと思う。その目に映《うつ》りたい、その人に触れたい、その人と一緒にいたいって、思うんじゃないかな」

「……なるほど」

うんうん、と頷きながら霙は心の中にメモ書きをする。

きっと、赤宗相手なら佐藤が男でも大丈夫だ。

そう思いながら、霙は上がりの時間に佐藤へメールを送った。赤宗の「好みのタイプ」や「恋愛観」、そして今恋人がいないという旨《むね》を送信し、「きっといけるよ！」とけしかけた。

赤宗のことは好きだし、佐藤にも幸せになってもらいたい。

そんな二人が付き合ったらいいな、と思いながらうきうきと屋台の準備をした。

協力する理由については騙《だま》しているような罪悪感はあったけれど、人の恋愛に協力すること自体は案外楽しい。赤宗の感触も悪くなかったし、成就したら、もっと楽しくて嬉しくなるだろう。

その日の屋台には姿を見せなかった佐藤から、メールが届いたのは午前三時を回る頃だった。既に眠りについてしまっていたので、霙が佐藤のメールに気が付いたのは翌九時のことだ。

――ごめん、ふられちゃった。

そんな一文に、霙はベッドの上で硬直した。

「ごめんなさい……！」

次の日の夜、屋台に現れた佐藤に、霙は平身低頭謝り倒した。

特に今は、佐藤の他に客もいないので、人目を憚《はばか》ることもなく謝れる。

佐藤が苦笑しつつ、「そんなに謝られると逆に空《むな》しいから」と言うので、霙はやっとの思いで顔を上げた。

絶対にいける！　と勝手に確信して無責任にけしかけてしまった手前、申し訳なさが尋常《じんじょう》ではない。

「俺のリサーチ不足でした……っ！」

「いやいや、これぱっかりはどうしようもないから。それに、告白するかしないかは、自分自身の裁量の問題だからさ」

佐藤はそんな風に笑うけれど、せめて、もう少し対策を講じてから挑《いど》むべきだっただろう。

——そもそも、今彼女がいないし、同性からの好意に偏見《へんけん》はないって言っただけで、誰でもウェルカム！　って意味じゃないよなー……。

でも佐藤ならば好物件だし、いけると思ってしまったのだ。勇み足も甚《はなは》だしかった。

やはり己の恋愛経験のなさが敗因の一つか、と落胆する。

「あの、今日は俺がおごるんで、沢山食ってください……」

「振られたのは俺自身の責任だから、蜷川くんは気にしないでよ」

「うっす……」

佐藤の好物は、ここ数日でだいぶ把握《はあく》していた。彼が必ず注文する大根とロールキャベツを皿に盛って出す。ついでにつぶ貝と蛸《たこ》も載せると、佐藤は「気にしないで」と重ねて遠慮《えんりょ》した。

一言も責めないなんて、と佐藤をいい人だと思えば思うほどに落ち込んでしまい、霙はたまごを追加した。

「いやいやいや、なんで追加⁉　だからもう気にしないでってば」

「佐藤さんいい人っす……」

しょんぼりと肩を落とす霙に、佐藤は苦笑する。

「そんなに落ち込まないでよ。余計不甲斐《ふがい》なさが身に染みるから」

「いえ、すんません。俺、赤宗さんが彼女いないって言ってたから、今がチャンスとか思っちゃって」

「まあ、お互いにプライベートで付き合いもないのに、いきなり告白してもＯＫはもらいにくいよね」

そういうものかと、己の恋愛スキルの低さを更に思い知りつつ、霙はふと浮かんだ考えに手を叩く。

「あ、でもほら、逆に言えば、互いのことをよく知れば大丈夫なんじゃないですか？」

「うーん……」

「だって、赤宗さんの好みって、佐藤さんに合致してるし。優しくて、包容力がある人って言ってたし……いけると思う！」

霙の後押しに、佐藤は赤面した。

「……いや、あんまり過大評価されると、それはそれでいたたまれないなあ」

「過大評価じゃないですよ！　それに、緊張すると変な行動とるけど、男らしいし！」

自信満々に言った霙に、佐藤は頬を緩ませた。

「ありがとう。これ、頂《いただ》きます」

「どうぞどうぞ！」

佐藤は手を合わせて、皿にこんもりと積まれたおでんに箸《はし》をつけた。

いつも思っていたが、箸の持ち方が綺麗だ。大根を半分に割り、すっと口に運ぶ。大きな口で、佐藤はあっという間に平らげていく。

佐藤は沢山食べるし、食べ方も綺麗で、見ていて気持ちがいい。もっと食べさせたくなってしまう食べっぷりだ。

こういうところも奨はいいと思うのだが、なにがいけなかったのだろう、と考えてしまう。

「……佐藤さんは、赤宗さんのどこが好きなんです？」

ふと落とした今更な疑問に、佐藤がきょとんと目を丸くする。

「あ、いや。俺も赤宗さん大好きですけど、佐藤さん、あんま赤宗さんのこと知らなかったみたいだし、それで好きってなんでかなって。やっぱ顔ですか？」

直截《ちょくせつ》に訊《たず》ねると、佐藤は苦笑した。勿論《もちろん》顔も綺麗で好きだけど、と前置きして、佐藤が口を開く。

「俺ライターやってるでしょ。それで一度、インタビューさせてもらったときに……」

一年ほど前、有名な女性誌にラ・ファータが掲載されたことがある。

内容は「イケメン店員特集」のようなものに、赤宗とラ・ファータが一ページまるまる使って紹介された。霙は当時アルバイト一年目だったが、雑誌の発売日からとてつもなく忙しくなったので、記憶に残っている。

「佐藤さんって、そのとき初めて来たんでしたっけ」

「や、前から数度訪れてて、それでラ・ファータが割と本格的なバルだったことを思い出してオファーしたんだ。取材の申し込みをしてからわかったんだけど、偶然、オーナーさんが外食産業では風雲児とか呼ばれる結構有名な人でね。そういう事情もあって、一ページ割《さ》けたんだけど」

はじめて知った背景に、ふうん、と霙は相槌《あいづち》を打つ。

「赤宗さん、最初はあんまり乗り気じゃなくて」

「え、そうだったんですか」

確かにあまり目立つのが得意そうではないが、取材はスムーズに受けたのだと思っていた。曰《いわ》く、その当時はアルバイトもそれほど多く抱えていなかったし、客も十分入っていた。現状では今いるスタッフで過不足なく回せているので、宣伝してもらえるのは有り難いが、客足が極端に増えれば今の常連に対応出来なくなるから、と断られたのだそうだ。

「でも、ほかにいいお店もなかったし、企画提出の締め切りも迫っていたからどうしても、と拝み倒したんだ。そしたら赤宗さんが折れてくれて」

「へー」

「……折角《せっかく》OK出してくれたのに、俺、取材の前日に事故に遭《あ》っちゃって」

「えっ⁉ だ、大丈夫なんですか？」

「うん、バイクに乗ってたら後ろから接触されて吹っ飛んだんだ。でも腕の骨一本だけで済んだよ」

それは「だけ」と言っていいのだろうか、と雲は頬を引きつらせる。

「ずっと気を失ってて、気が付いたら約束の日を一日過ぎてて、慌てて病院から電話して」

赤宗は、すっぽかしたことを全然気にしておらず、むしろ佐藤の怪我を心配してくれたのだそうだ。

「『佐藤さんがなにも言わずに来ないなんてことはないと思ったから心配してたんですよ』って言ってもらえて本当に嬉しかったなぁ。外食産業の人って忙しいから、怒鳴られるのが当たり前って覚悟してたから、余計に」

「へー」

その後、退院してすぐに取材をしにいき、無事記事は出来上がった。

そのときも赤宗は一言も責めず、佐藤の心配をしてくれて、忙しいだろうに、コーヒーサーバーの使い方や、美味《おい》しいコーヒーの淹《い》れ方《かた》などをレクチャーしてくれたのだという。

もともと好みのタイプであったが、その優しい笑顔にあっという間にやられてしまったそうだ。

幸せそうに語る佐藤に、雲もつられて笑ってしまう。片思いとはいえ、そんな風に話す佐藤が可愛《かわい》らしく見えたし、羨ましかった。

なぜか寂しいような気もしたが、やはりどうにかして二人には結ばれて欲しい。

「っていうかね、赤宗さん、もしかして蜷川くんに告白されるんじゃないかと思ってたんだって」

「えっ!?」

確かに赤宗のことは好きだが、それは上司としてであって恋愛対象としてではない。

「な、なんで?」

「なんか探りの入れ方がそういう感じだったから、って。だから蜷川くんじゃなくて、俺が行ったからすっごくびっくりしたみたい」

「えー!　でも、まあそういう感じだったかも……」

そう言われてみれば、赤宗がやけに怪訝《けげん》そうな顔をしていたような気もする。

誤解させていたのだと思うとやけに恥ずかしかった。いやいや、と言って雲は佐藤の手を取り、しっかと握る。

「佐藤さん、諦めないでね!　俺、応援してるし、これからもちゃんと協力するから」

佐藤は目を丸くし、微《かす》かに頬を染めて「ありがとう」と手を握り返してきた。

「でも、もういいんだ。告白してすっきりしたし、自分なりにけじめはついた。赤宗さんの気持ちも、わかったから。未練はないよ」

そう言った佐藤に、霙はなんだか自分のほうが悲しくなってきてしまう。振られたことはあっても、本気の大失恋など未経験な霙だったが、ひどくもどかしい。

霙が眉尻を下げると、佐藤が困ったように笑った。

「霙くんがそんな顔することないのに」

「だって……」

「本当に、気にしないで。高嶺《たかね》の花っていうか、叶わないのもわかってたから」

「そんなこと、ないです。……そんな風に、言わないでよ」

言い募《つの》った自分の声が、ひどく不安定に揺れる。

佐藤を戸惑わせている自覚はあって、けれど自分の手を握る大きな掌《てのひら》が優しくて、なにかしてあげたいと、力がないのに願ってしまう。

佐藤は目を瞠《みは》り、そしてわかったよと頷いた。

「もう少し、頑張ってみるね。ありがとう」

返ってきた前向きな科白《セリフ》に、霙はほっと息を吐く。嬉しい。そんな気持ちと同時に、何故か胸の奥が不安に疼《うず》いた。

握りあっていた手が解け、佐藤が箸を手に取る。霙は意味もなくおたまを取って、おでんの鍋《なべ》の中に入れて出汁《だし》を掻きまわした。

「……何回も訊いちゃうけど、どうして蜷川くんはこんなに俺に協力してくれるの？　なにも得することなんてないし、なにも返せないよ？」

「え」

言われて、口を噤《つぐ》む。

今はただ、佐藤に恋を叶《かな》えて欲しいという気持ちでいた。

だが「得すること」は、あるのだ。佐藤の願いを叶えれば、辰巳《たつみ》から家がもらえる。

状況が、応援する己の気持ちを打算に過ぎないと証明してしまう。それを否定したくて、霙は精一杯の笑みを作った。

「……佐藤さんに、幸せになって欲しいから」

そんな言葉が、嘘ではないのに後ろめたくなる。

佐藤が疑うこともなくそっかと笑うので、またひどく胸が苦しくなった。


季節が秋から冬に変わっても、佐藤《さとう》の恋愛は成就《じょうじゅ》するどころか進展すらしなかった。

一ヵ月以上も成果を上げられないのは、協力者である霙《みぞれ》が、効果的な協力をできなかったというのが要因かもしれない。なにせ、一度佐藤はふられている。けれど、佐藤は人間性を否定されたり、嫌われたりしてふられたわけではない。ということは、付き合うチャンスもあるということだ。

霙は、「付き合うにはまず人となりを知る必要があるだろう」ということで、赤宗《あかむね》に常に佐藤の話を振ることにして、佐藤には赤宗のことを報告した。自分のプレゼン能力には些《いささ》か自信はなかったが、それでもやらないよりはいいだろうという判断だ。

恋愛に協力するのは楽しかったが、なぜか苦しくもある。明日、二人の仲がどうなっているかと考えて夜も眠れないときもあった。

相変わらずラ・ファータにも顔を出す佐藤は、以前より赤宗に対して緊張はしなくなっていた。ほっとしつつも胸が苦しくて、自分が頑張らねばと霙は気合いをいれている。

「――でね、赤宗さんの後ろの髪がぴょこっとはねててひよこみたいでね」

今日も屋台に顔を出してくれた佐藤に、霙は身振り手振りをつけながら「今日の赤宗」を報告する。

「うんうん」

「寝癖《ねぐせ》ついてますよ、って言ったら『だって直せなかったんだもん』ってほっぺ膨《ふく》らまして、子供みたいで可愛《かわい》かったです！」

へえ、と佐藤が目を細める。

赤宗には、そういう子供っぽい面もあるのだと報告すると、佐藤は楽しげに笑った。安堵《あんど》すると同時に、喜んでもらえて嬉しくなる。

「あ、じゃあ赤宗さんクイズ」

じゃじゃん、と口で効果音を言って、霙は今日仕入れたネタをクイズにする。

カウンターに頬杖《ほおづえ》を突きながら、佐藤がはい、と頷いた。

「赤宗さんが唯一出来るラテアートの絵柄はなんでしょーか！」

「ハート？」

シンキングタイムの前にさくっと答えを言われて、霙はぶすくれる。佐藤はしまった、という顔をして「……と言いたいところだけど本当はー……」と既に正解を出している答えを保留に持っていこうとした。

気遣いはいらない、とばかりに霙は手を振る。

「もーいいっす、ハートで正解だもん」

「ご、ごめんね」

「知ってたんですか？　なんで？」

「ハートってラテアートの基本的な図柄だし、それに取材させてもらったときに出してくれたことあるから……」

そういう事情があったか、と合点《がてん》がいくのと同時に、もったいぶってクイズを出してしまった自分がバカみたいだと羞恥《しゅうち》を覚える。

作れなくはないが時間がかかるので、赤宗が客にラテアートを出すことはあまりない。だから知らないと思っていたのに。

佐藤はなにも悪くないのに「ごめん、ごめんね」と謝ってきた。しきりに謝られたら、いつまでもへそを曲げているわけにはいかず、霙は顎《あご》を引く。

「でも一応赤宗さんの名誉のために言っておくと、赤宗さんがそれ一種類しか出来ないのは腕が悪いからってことじゃなくて、専門外だからですんで」

「あ、うん。知ってる。赤宗さんって、バリスタじゃなくてバーテンダーが本職なんだよね」

「……なんだ、それも知ってるんだ」

「あっ、ごめん」

「だから謝らないでくださいって」

赤宗は一日中店に出ているが、元々バーテンダーなので専門は夜のほうなのだ。

ラ・ファータには、カフェ専門の牧田というスタッフが別にいる。ラテアートはバリスタの資格を持つ牧田が淹《い》れるので、赤宗はそれほどラテアートに明るくないのだ。そんな彼が唯一出来るのが、ハートのラテアートだった。

「蜷川《にながわ》くんも出来るの?」

特に他意はないであろう問いかけに、霙はぎくりとする。もし出来るなら、霙の性格であればとっくに披露《ひろう》している。

していないということは出来ないのだと、佐藤は察していない。

霙はアルバイト歴も二年になるので、そろそろバリスタの資格を取ったらどうかと赤宗に勧められている。ラテアートの技術も磨《みが》いて欲しいのかもしれないが、あまり向いていないのか霙はうまく出来ないのだ。

「……練習中です」

実は何度も教えてもらっているのに、まだ一度も成功したことはない。

今でも時間があれば練習しているが、何を作ろうとしてもただのまだら模様になるだけだ。だが正直に申告するのも癪《しゃく》で、霙は練習さえすれば出来るのだと見栄を張ってみる。

佐藤はふうん、と頷いて笑った。

「じゃあ、今度うまくいったら飲ませてよ」

「ええー……じゃ、本気で頑張ります」

「楽しみにしてるね」

にこっと笑いかけてくる佐藤に、つられて霙も笑い返す。

そんなやりとりをしながら、ふと疑問を抱《いだ》いた。

——どうせだったら、赤宗さんに作ってもらえばいいのに。

ハートの図案だし、好きな人からもらうのだからより嬉しいのではないのだろうか。なにも好き好んで霙の下手なラテアートでなくても、と思ったが、やけに佐藤の機嫌がいいので言わなかった。

「あ、じゃあもう一個問題！　今日仕入れたばっかりの最新情報！」

「はいどうぞ」

「赤宗さんのフルネームはなんでしょうか！」

好きな人の名前ならば知りたいだろう、と霙は得意満面に出題する。

佐藤は思案する様子もなく、「赤宗出海《いずみ》さん」と瞬時に答えた。

「出る海って書いていずみさん、だよね？　あれ、違った？」

「……正解です……」

「……ていうか、知らなかったの？　蜷川くん」

「いずみっていう名前は知ってたけど、漢字は知らなかったんで……」

ちょっと変わった漢字を使うので、「新発見！」と勝手に盛り上がってしまった。

「ほら、俺は前に取材したときに名刺も頂《いただ》いてるし」

「……そっか、そうですよね」

言われてみればそうだった、と霙は意気消沈《しょうちん》する。

自分の会話の運び方が下手なのだが、なんだかうまくいかない。

「……そういえば、蜷川くんは下の名前、なんていうの？」

何気ない問いだろうが、霙はぴくりと表情を強張《こわば》らせる。

その意図がわからない佐藤は、首を傾げた。

霙はレジ代わりにしている箱の引き出しを開き、紙とペンを取り出す。そこにフルネームを漢字で書いて、佐藤に手渡した。

「にながわ……みぞれ?」

「えっ」

「『えっ』?」

思わず驚きの声を上げた霙に、佐藤が顔を上げる。

「あ、いや、すいません。一発で読んでもらえることがあまりないもんで」

「あー……でも別に難読ってほどじゃないと思うけどなぁ」

それでも初見で間違えずに読んでくれる人はそう多くない。霙は勉強が得意ではなかったので、「漢字が苦手なくせに、難しい漢字の名前って皮肉だな」と笑われたこともある。

「ひょう? しずく? かすみ? あられ? そう? とか言われる」

「ああ……なるほど。雨冠つながりで」

「子供の頃、すごい嫌でしたよ。画数多いし、それに霙ってあんまり綺麗じゃないっていうか、べしゃっとしてて汚くないですか?」

雨と雪が混ざったものなので、実際に見ると路面が汚れて綺麗ではないように思え、子供の頃はひどくがっかりしたものだ。

辰巳《たつみ》が付けた名前だというので、雪ならまだ良かったのに、と子供の頃は文句を言った。兄たちはまだマシなほうで、八月生まれの葉月《はづき》と、十月生まれの清秋《きよあき》だ。

「そうかな。『霙』もいいと思うけど。三冬《さんとう》を表す季語だし」

「三冬って？」

「陰暦の十月、十一月、十二月のことだよ。陰暦だから今の暦《こよみ》とは少しずれるけど」

「へー。佐藤さん、物知りっすね」

「まあ、曲がりなりにもライターですから」

それでもなにも見ずによくすらすら出てくるものだ、と感心してしまう。

「俺、下の名前がこうなんで、名字くらいは普通に読めるやつがよかったです。佐藤とか理想ですもん」

霙がぼやくと、佐藤は一瞬目を丸くし、ぽりぽりと頭を掻《か》く。

「蜷川？　読みづらいかな」

「蝦川《えびがわ》とか蛇川《へびかわ》とか読まれます」

「ああ、なるほど。でもありふれた名字も困りものだよ。会議のときとか、佐藤とか鈴木が三人いたりして、『佐藤さん』とだけ呼ばれると全員びくっとするし呼ぶほうも気まずい」

お互いに違う苦労があるものだ、と笑うと、佐藤が目を細めた。

「それに俺も、下の名前はあんまりちゃんと読んでもらえないというか、書いてもらえないというか……間違われやすくて困ってる」

「え？　なんていうんですか？」

そういえば、結構会話をしているけれど、佐藤のフルネームは知らない。

赤宗への話題作りにもなる、と身を乗り出す。

佐藤は先程霙が名前を書いたメモ用紙に、自分の名前を記した。

「――『録朗』？」

「そう、これで『ろくろう』。禄とか緑とか果ては縁とか、ろうの字もこっちじゃなくて、おざとの『郎』で書かれたりするし」

難読でもないし、そう難しい字ではないが、これはつい間違えてしまいそうな文字列だ。間違える人の気持ちもわからないではない。

「でも俺、自分がよく間違われるんで、人の名前だけは間違えないよう気を付けてるから間違わないと思います。録朗さんて字」

「うん、俺も霙くんは間違わないと思う」

自分が彼の名を呼んでしまったからかもしれないが、初めて下の名前で呼ばれて、どきりとする。

けれどこれは、自分もそうだが漢字の読みの話をしているとはいえ呼び捨てにするわけにはいかないから、さん付けくん付けをしただけで、下の名前を呼び合ったわけではないのだ。

——ちょっと緊張しちゃったよ。馬鹿みてー。

はは、と笑って、霙は鍋の中身を無意味に掻き混ぜる。

「霙くん、大根もらえる？」

そう思っていたのに、佐藤はなんでもないことのようにまた下の名前で呼んだ。

あまりにもナチュラルに呼ばれたので一瞬戸惑ったが、指摘するほうが変な気もして、「了解です」と応えて流してしまった。

そしてこの日以降、佐藤は霙を下の名前で呼ぶようになった。


佐藤《さとう》の恋が成就すれば、霙《みぞれ》は辰巳《たつみ》から報酬《ほうしゅう》がもらえる。

それが最たる目的として引き受けたはずだったが、霙は結構前からそのことを後悔し始めていた。

佐藤の応援をするのは楽しいし、赤宗《あかむね》のことも好きなので、霙は二人に幸せになって欲しかった。

それは嘘ではない。けれど、自分がそもそもは打算があって協力していることに良心が痛み続けている。そのせいか二人の間にいると、どんどん胸が苦しくなってくるのだ。

佐藤はいつも、常連の年配客がいなくなる時間帯に屋台にやってくる。近所に住む彼は終電を気にする必要がない。終電間際ともなれば二人きりになれるので、話をするにはお誂《あつら》え向《む》きなのだ。

以前はそれを都合がいいと思っていたのに、今は二人きりの空間はやけに居心地が悪かった。

今日も客がはけてからやってきた佐藤は、珍しく手に荷物を抱《かか》えていた。

「どうしたんですか、これ」

「ん、ああ。これは忘年会の隠し芸用」

既に十二月も三分の一が過ぎ、街はクリスマス一色になり始めた。

佐藤は会社員ではないが、色々な会社と付き合いがあるのだろう。忘年会にもいくつか招かれていると言っていた。

十二月に入ってからは、屋台に来る前に既に飲んでいることも増えた。そんな日は無理に来なくてもいいのに、と思うけれど、それを何故《なぜ》かなかなか言えずにいる。

屋台の客も、この時期になって、いつもの顔ぶれに加え、普段は来ない二十代から三十代の会社員がやってくるようになった。

年末を口実に飲む人も多くなるようで、実は前から気になってたんですよね、とのれんをくぐってくる。特に立っているのがまだ若い霙だということもあって、屋台へのハードルが下がるらしい。一見《いちげん》ではなく、年が明けても来てくれればいいなと思う程度には、屋台の営業にも慣れてきた。

佐藤は、今日もどこかで飲んできた帰りなのか、頬が既に赤い。

社会人の付き合いは大変そうだ、とこういうときにアルバイトの気楽さをかみしめる。

「隠し芸やらないといけないなんて大変ですね。なにやるんですか」

「んー……秘密」

もったいぶる佐藤に、霙は頬を膨《ふく》らませる。

「だってまだ仕込んでる最中だからさ。ちゃんと出来るようになったら見て」

「はい！」

返事をしてから、そういうのは自分にではなく赤宗に見せたほうがいいのでは、と思ったが言わなかった。まず霙で練習をしてから、ということかもしれないし、と心の中で言い訳をする。

その瞬間、ぎゅっと心臓を摑まれたような痛みを覚えて、霙は顔を顰《しか》めた。

「……どうしたの？」

「や、なんでもないです。なんかここんとこ、調子が悪くて」

「え、風邪？　最近冬本番って感じで寒くなってきたし、気を付けてね」

そういうことではないのだが、説明のしようもないので素直に頷いておいた。

「それより、佐藤さん、どこかで飲んできた帰りですか？」

「えっ？　いや、ちょっとだけだよ？」

「ふーん。でも最近……うち以外で結構飲んでますよねっ」

客がどこで飲んでこようと口を出す権利はない、とわかっているのに、むっとするのが抑えられない。

いちいちそんな反応をされたら佐藤も鬱陶《うっとう》しいだろう。

そう思っていたのに、佐藤は何故かにこにこしていて、面食らってしまった。

「ごめんね」

しかも笑顔で謝ってくるものだから、余計にいたたまれない。

うう、と唸《うな》り、やっぱり我慢出来ずに嬰はじたばたする。

「……なんで謝っちゃうんですかそこでー！　いいんですよどこで飲んだって！　ほんとすいません！　俺、なに言ってんのかなあ」

恥ずかしい、と頭を下げれば、佐藤はやはり笑みを崩さずに「ごめんねー」と重ねる。

「でも最後はここで飲んで帰るって決めてるから見逃して。忘年会終わったら浮気しないから」

「だから別に、どこで飲んだっていいですってー！　いじめないでくださいよぉ」

浮気という言い方にどきりとしつつ、なんで余計なことを言ってしまったのだろうと激しく後悔する。

だがそんなやりとりをしている場合ではない、と霙は咳払《せきばら》いをした。

「ところで、赤宗さんの誕生日近いじゃないですか」

「あ、そうなの？」

それは知らなかった、とあっけらかんと言う佐藤に、霙は眉を寄せる。

「一大イベントでしょ！　知らなくてどうするの！」

「ごめんごめん。で、いつ？」

訊かないからもう知っているのかと思っていた。

霙が教えなければ知らなくても仕方ないかと思いながら、口を開く。

「十二月十六日。あと一週間もないです」

佐藤はふうん、と相槌《あいづち》を打ってグラスを傾けた。

「そういえば、霙くんって冬生まれだよね？　霙くんは誕生日っていつなの？」

「あ、俺、赤宗さんと近いですよ」

「へえ、いつ？」

「ちょうど一週間違い。二十三日。で、俺の誕生日から山羊座なの。赤宗さんは射手座ね」

「へえー」

「……って、俺の話はどうでもいいんですって」

恋愛に協力するのだから赤宗の話をしたいのに、また余計なことを言ってしまった。

元々話は脱線しやすいほうだったが、最近、話が逸《そ》れることが増えた。佐藤は好きな人のことから話題が逸れていくのだからもう少し怒ってもいい。人がいいのかなんなのか、逸れたら逸れたままになってしまうので、軌道《きどう》修正をして欲しかった。

――もしかして、諦《あきら》めかけてるんじゃないのかな？

夏休みの宿題を見ないふりしたときのように、自分が直面すべき問題から逃げようとしているのかもしれない。それは悪い兆候《ちょうこう》だ、と霙は眉を寄せる。

「佐藤さん」

「ん？」

「俺、応援してるから頑張って」

何度も言った言葉を繰り返して、拳を握って激励した霙に、佐藤はなんとも形容しがたい表情を作った。

すぐに頷かないということは、諦めてしまったのだろうか。

それは駄目だ、と霙は喝《かつ》を入れる。

「誕生日だし、クリスマスだし、勝負どころなんだから！」

「……うん、そうだね。頑張るよ」

前向きな言葉が返ってきたことにほっとする。

けれどすぐに、胸の奥が言いようのない不快感を訴《うった》えた。

佐藤はここには作戦会議を兼ねて来ているのだろうし、恋人が出来れば夜もそれほど頻繁《ひんぱん》には来られなくなるだろう。

自分だって屋台をいつまでも続けられるわけではないのだが、想像すると変な気持ちになる。

――なんだろ。うまくいって欲しいけど、ちょっと寂しいのかな……俺。

それではあまりに友達甲斐《がい》がないのでは、と笑顔の佐藤を前に罪悪感を覚える。人の幸せを喜べないのは男らしくないぞ、と己《おのれ》を叱咤《しった》した。

「ところで、霙くんの誕生日ってイブのイブなんだね」

「え？　あ、そうなんですよー。ケーキ二日連続で食うの、子供の頃ちょっと損した気分でしたよ」

毎日ケーキが食べられるじゃん、と羨ましがられたこともあるが、二日連続で食べるとケーキに対するありがたみが感じられなくてあまり好ましくなかった。

下手をすれば誕生日のケーキが余るので、翌日残りものを食べることもあるのだ。

そんな話をすると、佐藤がそうかー、と相槌を打った。

「確かに、どうせならケーキ食べるイベントは月をまたいで欲しいよね。いくつになるの？」

「二十三です。……って、だから俺の話はいいんですって！」

もー、と頬を膨らませると、佐藤はごめんねと言って笑った。

赤宗の誕生日当日、佐藤は霙のいる時間帯のラ・ファータにも、屋台にも現れなかった。

結局、誕生日にプレゼントは渡せたのだろうか、なにをプレゼントしたのだろうか。二回目の告白を、したかもしれない。

赤宗は彼を振った後も今まで通り過ごしていたし、霙もずっと、赤宗に佐藤のことを話していた。もしかしたら、今度こそうまくいくかもしれない。

それは喜ばしいことだったのに、どうしてか不安になる。

それから二日間、佐藤は霙の前に姿を現さず、嫌な予感ばかりが募《つの》った。

次に来たときは赤宗の誕生日から二日後の十八日の夜で、他の客がいる時間に来たために結果を訊《たず》ねることが出来なかった。佐藤は結局客が途切れる前に帰ってしまったので、それまでどうしていたのか聞きそびれてしまったのだ。

電話やメールで聞き出すことも出来たはずなのに、霙には何故かそれが難しかった。

――もやもやする。

気になって気になって、あれからもう四日も経《た》つというのにまだなにかが蟠《わだかま》っている。微妙に眠れない日もあって、ますます苛立《いらだ》ちが募《つの》った。

連絡先を知らないわけではないのだから、さっさと聞いてしまえばいいのに、携帯電話を開くと途端に訊く気が失せてしまう。

しかも今日、佐藤はラ・ファータに来ていて、今ランチの真っ最中なのだ。

アルバイト中はいつも通り振る舞っているつもりだったが、やはり集中しきれていなかったのか、赤宗が心配そうに声をかけてきた。

かといって赤宗に直接訊くのもはばかられる。

佐藤以上になにを考えているのか読めない、と霙は赤宗を見つめる。

「……具合でも悪い？」

「いいえ！　全然！　そういうんじゃないんですけど……」

尻すぼみになった声に、赤宗が不安げな顔をする。

「そろそろ交代の時間だし……ちょっと話でもしようか？」

「え！　いえ！　赤宗さんの手を煩《わずら》わせるほどのことじゃ……」

「いいからいいから。牧田《まきた》くん、ちょっとここ任せてもいいかな？」

牧田が頷くのを見てから、霙は赤宗に手を引かれスタッフルームに移動した。店内を見れば、佐藤がこちらを見ているのがわかって顔が熱くなった。

着替えを済ませたのを見計らって、赤宗が「で、どうしたの？」と水を向ける。

霙はどう説明したらいいのかわからず、佐藤とのことは伏せて「友達の話なんですけど……」と口を開いた。

「――ふむ。その人のことを考えると、どきどきして楽しい、でも苦しい。夜も気になって寝付けないことがある、他の男のことを話しているのを訊くといらいらするというか、悲しいというか……っていう気持ち？」

大体の話を要約した赤宗に、霙は頷く。

対面に座った赤宗が、ぷるぷると震えるのが視界に入った。何事かと顔を上げると、赤宗は頬を染め、目を輝かせて口を開いた。

「……それは恋だよ！」

「こい⁉」

ドヤ顔で宣言した赤宗に、霙は目を剝《む》く。

自分と佐藤の関係には絶対付かないはずの名称を、しかも赤宗の口から聞いて、霙はこれ以上ないほどに動揺した。

そんな霙の気持ちを知らず、赤宗はうんうんと頷いた。

「なーんだ。そっか、そういうことねー。ねえ、それって俺の知ってる人？」

「ちが、違います！　俺の話じゃないですよ！」

必死に否定するのに、赤宗はわかったわかった、とまるでわかっていない口調でしたり顔を作る。

「あ、一応確認するけど、その相手って俺じゃないよね？」

「赤宗さんじゃないです！」

「そっか。じゃあ俺以外の誰かなんだね。誰だろ。俺の知ってる人？」

「えっと……って、だから俺の話でもないっす！」

ひっかけのつもりか同じことを二回言った赤宗に、霙は重ねて否定した。

「大体、他の男を好きな相手なんて好きになるはずないじゃないですか」

「どうして？」

必死の反論に疑問形で返されて、霙はぐっと詰まる。

「だって、絶対叶わないってわかってるし……不毛ですよ」

「不毛、かなぁ」

不毛です、と言い返すと、赤宗は首を傾げた。

「確かに不毛……というか、難しいかもね。でも、絶対叶わないかどうかなんて誰にもわからないよ。蜷川《にながわ》くんは絶対って思ってても、それを決めてるのって蜷川くん本人だし、自分で自分の可能性を狭《せば》めるのってもったいないと思うよ」

それを赤宗本人が言うのか、と少し苛立つ。

けれど、そこで苛立つ必要などないはずだとはたと気付いた。

「……もし『絶対』に無理だったとしても、それでも気持ちは止められないと思うよ。それが『恋』ってものじゃないのかな」

にこにこしながら言われて、霙は無意識に拳を握った。

「知らないですよ。俺の話じゃないですから」

霙の反論に、赤宗は「そういえばそうだったね」ととぼける。

――ていうか、恋なんかじゃないって。マジで違う！　だって、佐藤さんはあくまでじいちゃんの「罪滅《つみほろ》ぼし」の対象の人で、赤宗さんが好きなんだから！　それに――。

それに、佐藤は利己的《りこてき》な霙を知ったらきっと嫌いになる。

反論の材料として心中で並べた単語が、思いのほか胸に深く突き刺さって霙は言葉を失った。

疚《やま》しさに真っ青になった霙に気付かず、赤宗はにやにやしながら、「応援するね」と言った。

「……じゃあ、お先に失礼します！」

逃げるのもどうかと思ったが、これ以上むきになれば肯定をしているようにしか見えない。なにより、その指摘が事実なのだと自分も思ってしまいそうで怖かった。

腰を上げると、赤宗は「あ、待って待って」と引き止めてくる。

また揶揄《からか》われるのだろうかと身構えていると、赤宗が自分のロッカーから紙袋を取り出した。

「蜷川くん、今日で今年のシフトおしまいでしょ？　先にクリスマスプレゼント、渡しておくね」

「え、嬉しい！　ありがとうございます」

ちらと中を覗《のぞ》くと、中身はチョコレートだった。コーヒーにも酒にも合うチョコレートを、バリスタの牧田と一緒に探したらしい。

「じゃあ、一足早いけど、よいお年を」

「はい。赤宗さんも、よいお年を」

ぺこりと頭を下げ、霙はスタッフルームから裏口へ出る。自転車を押しながらぐるりと表へまわると、佐藤は今日、窓際の席にいたので、ガラス越しに目が合った。

彼は霙を確認し、目を細める。

その瞬間、どきりとした。

――……佐藤さんには、恋が成就《じょうじゅ》するように協力してるだけだし。

そう言い聞かせれば言い聞かせるほど、鼓動《こどう》が速くなっていくような気がする。体中の体温が上がって、眩暈《めまい》がしそうになった。

そんな霙の動揺も知らずに、佐藤はのんきな顔をして手を振ってくる。

「……」

霙は、ガラスの向こうの佐藤にベーっと舌を出した。

突如《とつじょ》あっかんベーをされて、佐藤は目を丸くして驚いた顔をしている。

ふんと鼻を鳴らして、霙は自転車に跨《またが》った。

そのときはそれで多少すっきりした気持ちになったが、帰宅しておでんの屋台を見た瞬間、すぐに「どうしてあんなことをしてしまったんだろう」と悔《く》いる。

「……会うかもしれないじゃんか、このあと屋台で……」

ここ数日顔を出していないが、今日こそは来るかもしれない。もしかしたら、今の行動の意図を聞きに現れるかもしれない。逃げようにも逃げられない状況に、霙は頭を抱《かか》えた。


今日は来て欲しくない。

そう願っていたが、佐藤は屋台に現れた。

忘年会シーズンということもあってか、今日は席がすべて埋まっている。

諦めて帰ってくれないかな、とこっそり期待したが、佐藤が来たのに気付いた客が一人、腰を上げた。入れ替わりに空《あ》いた席に座った佐藤に、霙は仕方なく「いらっしゃいませ」と声をかける。

「こんばんは。……あのさ、昼間のあれって――」

「こんばんは。はい、おしぼりです。で、なにか?」

やはり来たかと、最後まで言わせずにそう返すと、佐藤は「なんでもないです……」とおしぼりを受け取って手を拭《ふ》いた。

気まずいならば、あれはなんだったのかと訊かれる前に口を塞《ふさ》げばいいのだ。多少強引な手段ではあったが、自分でもなんでいい歳こいてあっかんべーをしたのかと訊かれても明確な答えは出せないのでしょうがない。

しかも、他の客がいる前で個人的な話をするのもどうかと思うのだ。と、大義名分を心の中で作る。

幸い、霙が「そのことには触れて欲しくない」というオーラを出しているのを感じ取ってか、佐藤はそれ以上話を蒸し返さなかった。だが、ずっと話しかけたそうにそわそわとしているのもわかった。

終電が近づくにつれ、一人、また一人と席を立つ。明日から早い冬休みに入る人もいるようで、若いサラリーマンなら祝前日だからオールで飲もうというところなのだろうが、家族サービスがある世代はいつもより早めに帰っていく人が多かった。

結局、最後まで粘《ねば》った佐藤と二人きりになってしまう。

「……佐藤さんは」

今日初めて話しかけると、佐藤がぱっと顔を上げた。なんでそんなに嬉しそうにしているのだろう、とちょっと戸惑《とまど》う。

「お休みっていつからなんですか」

「冬休みは特にないかな。年末進行で原稿の締め切りは早かったけど、また来月の締め切りもすぐに来るし、クリスマスも普通に仕事」

「クリスマスも……ふうん……大変ですね」

折角《せっかく》恋人たちのイベントデーなのに、赤宗とも誰とも会わないらしい。少しほっとしている自分に気付いて、霙は眉を顰《ひそ》める。

「――ところで、実は今日、霙くんに飲んで欲しいものがあるんだけど」

そう言うなり、佐藤は手荷物をテーブルの上に置いた。

「俺に？　ですか？」

一体なんなんだろうと覗くと、佐藤は紙袋の中からカクテルを作るシェイカーと酒とジュースを数種取り出す。

唐突に出てきたものに、霙は目を白黒させた。

「ちょっと待っててね」

「ええ？」

佐藤は酒とジュースを数種、シェイカーの中に注ぎ入れ、振り始めた。少々ぎこちない動きではあったけれど、意外と様になっている。

そして、取り出したグラスの中に注ぎ入れた。綺麗な水色のカクテルが出来上がる。

「はい、どうぞ」

「……ぶふっ」

やりきった、という顔をする佐藤がおかしくて、霙は吹き出す。大笑いしはじめた霙に、佐藤は「あれ？」と首を傾げた。

「ふつう、屋台の客席でカクテル作る⁉　うけんだけど佐藤さん！」

「え、あ、うわ……そうだね。うわー、ごめん」

佐藤は霙の反応に、しゅんと肩を落とした。

――しまった、笑いすぎた。

咳払いをして、霙は慌ててグラスを受け取る。しばらく外に置いていたため、冷蔵庫に入れていなくても十分冷えているようだ。

「いただきます」

「どうぞ！」

嬉しそうな顔をした佐藤にほっとして、霙はグラスに口をつける。

――ん、なんか夏の味。

水色のカクテルは、爽《さわ》やかな味がする。パイナップルとブルーリキュールが使われているせいか、トロピカルな味わいだ。ジュースのようで飲みやすく、けれどしっかり酒の味がしておいしい。

そんな霙の様子を、佐藤は緊張の面持《おもも》ちで見ていた。

「おいしいですよ」

霙が笑うと、佐藤はほっと表情を綻《ほころ》ばせた。

「すごい、佐藤さんカクテルとか作れるんですねー」

「うん。実は講習に通いました」

「んん⁉ まじすか」

結構凝《こ》るタイプなんだな、と感心する。赤宗は本職がバーテンダーなので、共通の話題でも作ろうとしたのだろうか。自分は所謂《いわゆる》味見係のようなものかもしれない。

そのことに気付いて少し寂しく思ったけれど、それでも佐藤が作ってくれたカクテルはおいしかったので、十分嬉しかった。

「道理で、立ち姿が様になってるというか、かっこいいなって思いました」

「えっ、ありがとう」

きっと赤宗さんも褒《ほ》めてくれますよ、と言おうとしたが、喉に引っかかった。

それは言葉と同時にカクテルを嚥下《えんげ》したせいだと自分に言い訳する。

「これ、なんていうカクテルなんですか？」

霙の問いに、佐藤は目を細めた。

「『ターコイズブルー』」

ターコイズブルー、と復唱して、もう一口飲む。ターコイズって宝石だったっけ、と記憶の糸を手繰り寄せた。

「ターコイズって、山羊座の誕生石なんだよ」

「へー……」

それは知らなかった。誕生石など把握《はあく》していなかったが、ライターのような仕事をしているからそういうのがわかるのだろうか。感心しながら、グラスを口に運ぶ。

「山羊座の誕生石かぁ。俺、山羊座なんですよ」

「うん、知ってる」

偶然、と言おうとした霙より早くそう答えて、佐藤はもう一つ紙袋を取り出す。

え、と目を瞬《しばたた》いていると、佐藤は「お誕生日おめでとう」と笑った。

屋台に置いているデジタル時計を見ると、もうとっくに零時を過ぎている。——今日はもう十二月二十三日、霙の誕生日だ。以前、会話の流れで触れただけだったのに、覚えていてくれたのだ。

「俺が一番乗り？」

いたずらが成功した子供のように、佐藤が笑う。

「改めまして、おめでとう、二十三歳」

精悍《せいかん》な表情がくしゃっとして、とても可愛《かわい》い。

さらに紙袋を前に出されて慌てて受け取る。瞬間、指先が触れた。

「――！」

体の中から「嬉しい」と「好き」が一気に溢《あふ》れ出《で》てくるような感覚に襲われた。

今まであれほど頑《かたく》なに目を逸らしていた反動のように、まるで花火のように気持ちが打ちあがって「好きー！」と派手に炸裂《さくれつ》する。

パーンと音を立てながら体の中で気持ちがはじけているのだが、霙の体は硬直したままだ。固まって動かない霙の顔を覗き込み、佐藤は苦笑する。霙ははっとして、受けとった紙袋をぎゅっと握った。

「あ、ありがとうございます。ちょっとびっくりしたっていうか……嬉しくて」

本心でそう言いながら、自分の声音から「好き」が零《こぼ》れてしまっていないか不安になる。なんと言われるかどきどきしていると、佐藤はすっと身を引いた。

「明日、イブの日ね、よかったら映画行かない？」

「……イブなのに、俺と？」

「そう、イブなのに、男二人で映画。チケットもらったんだ。しかもイブ指定のレイトショー。こんなタイミングだから他に行ってくれる人もいなくて」

霙は気が付いたら頷いていた。

佐藤のことを応援するならば、そこは赤宗を誘うべきだと言わなければいけないのだが、イ

ブの夜は、ラ・ファータは営業している。

赤宗はラ・ファータで唯一資格持ちのバーテンダーなので、イブは毎年カウンターに立つのだ。赤宗が休むわけにはいかないし、かといって折角チケットがあるというのに佐藤を一人で行かせるのもなんだから、断る理由がない。

そう思うが、自分は彼と赤宗の仲を応援していたはずなのに、と心苦しくもなる。

「……でも、いいんですか？　俺とで」

念のため確認すると、佐藤は急に立ち上がった。

突然の行動に目を丸くする霙に、佐藤が「あ」と声を上げて腰を下ろす。

「いいもなにも、俺は霙くんを誘ってるんだよ」

だから行こうよ、と重ねられて、霙は素直に頷いた。


佐藤《さとう》と一緒に観たのは、イブにお誂《あつら》え向きのラブストーリーではなく、大人気刑事ドラマの劇場版だった。二人が足を運んだのは駅近くのシネマコンプレックスで、互いの行動範囲の狭《せま》さに苦笑いしつつも、終電の時間を気にしなくていいので都合がいい。

「超面白かったー！　ね、佐藤さん！」

鞄《かばん》から手袋を出してはめると、それを見た佐藤が嬉しそうに笑った。

誕生日にもらったのは、霙《みぞれ》の好きなブランドの手袋だった。

クリスマスに合わせて出た新作で、嬉しかったので今日は持って来たのだ。

「うんやっぱり、刑事ものはいいね。かっこいい」

だよねー、と二人で言い合いながら、霙はパンフレットを鞄の中にしまう。

全体的にハードボイルドな作りで、興奮するような銃撃戦もあって、佐藤と二人きりで出かけたことで色々な意味でしていた緊張が、一気に解《ほぐ》れた。

恋愛ものではないものの、イブのレイトショーということもあり、やはりカップルが多い。一人で観に来ている客や女性同士の組み合わせも多く、男二人はかえって珍しいような気がしたが、映画が始まる頃には気にならなくなっていた。

「もっかい観たい！」

「また今度来る？」

「すっごい来たいです。これ、いつまでやってるのかなー……」

直前までの緊張も忘れ、全力で楽しんでしまった。特に、霙はテレビシリーズも大好きだったし、勿論《もちろん》佐藤と一緒に出掛けるのも嬉しかったし、純粋に映画を観に行けるのも楽しかったのだ。

どこかに寄って語りたい気分だったが、映画が始まる前には営業していた館内の飲食店は殆《ほとん》ど閉まっている。

まだ営業している店はいくつかあったものの、イブということもあり既にどこも満席のようだった。

きょろきょろしていると、意図を察した佐藤が腕時計を見ながら眉《まゆ》を寄せた。

「この時間じゃ無理かな。外に行ったら居酒屋とかやってそうだけど……」

「そういう気分でもないですよねー。うーん」

「あ、じゃあラ・ファータ行く？」

急に現実に立ち戻った気分に陥《おちい》り、雲は唇を引き結ぶ。折角《せっかく》のイブなのだから、片思い中の赤宗《あかむね》と会いたいのは当然だ。

けれど今日くらいは、という気持ちが湧いてきてしまった。

「……でも微妙な時間ですよ。これからだと」

自分は佐藤に協力していたはずなのに、これでは妨害《ぼうがい》に等しい。佐藤は雲の自分本位な科白《セリフ》を怪訝《けげん》に思うこともなく、首を傾《かし》げた。

「うーん……でもイブだし、まだやってるかも」

食い下がる佐藤に罪悪感が生まれ、雲は我に返り、にっと笑う。

「……ですね。うん、行きましょ行きましょ！　閉店してたらそのときはまた考えましょう！」

そうと決まれば、と霙は佐藤の背中を叩いてずんずんと先へ進む。

——馬鹿、お前が邪魔してどうすんだよ。

最初の目的を忘れるなと自分を叱咤《しった》する。

映画の感想を言い合いながらラ・ファータへ赴《おもむ》くと、やはり営業が終わっているのか看板の電気が消えていた。けれど、まだ店内の電気が点《つ》いていることに気が付く。

「ん？　営業してる……のかな？」

イブの夜なのでいつもより長く残っている客がいるのかもしれない。店内には淡く光が灯《とも》っていた。

「……いや、もう終わってるんじゃない？　電気、少ししか点いてないし」

佐藤の言うとおり、点いているのはバーカウンターの箇所だけだ。そこに、人影が見えた。

ほかに客の姿がないので、スタッフが残って後片付けをしている最中なのかもしれない。

「あ、でも赤宗さんいるっぽいよ。ちょっと覗いてみようか」

「え……、み、霙くん、ちょっと待って」

カウンターに座っていたのは見覚えのない男性だ。

年は三十代後半くらいだろうか。高そうなスーツに身を包んでいる彼は、カウンターの中にいる赤宗と、なにやら談笑していた。

——あの人が最後の客？　こんな時間まで、赤宗さん大変だな。

いっそ中に入ってしまおうかと思案していると、ふと二人の顔が近づいていく。

——え……。

赤宗と男性客は、互いに吸い寄せられるように唇を重ねた。

あまりに自然な様子でのその行為に、それが彼らにとっての初めてのキスではないのだと悟る。

ぽかんと二人のキスシーンを眺めて、霙は背後に佐藤がいることを思い出した。

佐藤は、霙の後ろで二人の様子をずっと見つめている。

「……こっち！」

霙は佐藤の手を摑み、その場から逃げるように引っ張った。特に目的地もなく、ただ闇雲《やみくも》に急ぎ足で歩みを進める。自分でもどこへ向かっているのかわからなかったが、とにかく佐藤の目からあの二人を引き剝《は》がしたかった。

——ひどい。

一言でも口を開いたら、赤宗を詰《なじ》る言葉が出てしまいそうで、無言のままずんずんと先を行った。

——恋人いないって言ったのに。佐藤さんは赤宗さんのこと好きだったのに、ひどい！

心の中で、赤宗を責める気持ちが止まらず、泣きたくなる。

赤宗はなにも悪くない。佐藤の気持ちと、それに応《こた》えるかどうかは当人同士の問題で、自分が責める謂《いわ》れはないのだ。霙にもそれはわかっている。

けれど、もしかしたら、佐藤が告白する以前から彼と付き合っていたのかもしれないと、慣れたキスを思い出す。そうなのだとしたら、赤宗は嘘を吐いたということだ。

初めから相手がいると知っていれば、佐藤は赤宗に告白をしてふられるようなことはなかったかもしれない。

佐藤に本気で協力していたつもりだったのに、自分のしていたことは無駄だったばかりか、余計に佐藤を傷つける結果になったのかもしれない。そう思ってひどく悲しくなってくる。

——もし赤宗さんに恋人がいるってわかってたら、最初に玉砕《ぎょくさい》した時点で諦めさせたのに！

頑張ればいつか叶う、と恋の後押しをした自分の能天気さに、腹が立った。

赤宗よりも、勇み足で無責任にけしかけ、そのせいで佐藤を悲しませた自分に、霙は腹が立ってしょうがなかった。

——……最悪。

今日も本当だったら赤宗といたかっただろうに、よりによって自分と映画を観たなんて、佐藤がかわいそうだ。とんだ疫病神《やくびょうがみ》だと自嘲《じちょう》する。

はしゃいでいたのが恥ずかしくて、色々と申し訳なくて、涙が零《こぼ》れた。

ず、と洟《はな》を啜《すす》ると、握った手がぴくりと強張《こわば》る。

「……霙くん？」

なんでもないです、と言いたかったが、涙が混じる気がして言えなかった。

気付かないふりをして欲しいと願ったのに、佐藤は歩みを速めて横に並び、霙の顔を覗《のぞ》き込《こ》む。その表情は優しい。

「すいません、俺」

ぐうっと涙がせりあがってきて、霙は顔を拭《ぬぐ》う。後から後から零れる雫《しずく》を拭うが、追いつきそうもない。ついに立ち止まって、俯《うつむ》いた。

「俺」

「泣かないで、俺は大丈夫だから」

よりによってイブに、好きな人が別の男とキスをしているのを見て大丈夫なわけがない。

頭を振ると、佐藤が大きな掌《てのひら》で頬を拭ってくれた。

「……本当だよ。俺、確かに前は赤宗さんが好きだったけど、今は……霙くんのことが好きなんだ」

「え……？」

不意にかけられた科白《セリフ》に驚いて、霙は硬直する。

瞬《まばた》きに零れる霙の涙を拭いながら、佐藤は微苦笑を浮かべた。

「……ごめん。惚《ほ》れっぽいって呆《あき》れられるかと思って言い出せなかったんだけど」

「え、だって、佐藤さんは赤宗さんが好きで……、え？　なんで？」

一体いつから、と目を回す霙に、佐藤は言い淀《よど》む。

「うーんと……実は最初に赤宗さんに振られた後から、気になりだして。それに、ごめん。俺、赤宗さんがあの人と付き合ってるの知ってたんだ」

「え……えー!?　えー!?　な、なんで」

「振られたときに、彼女はいないけど、男の恋人がいるからって。同性だから振られたわけじゃないってわかって、でも、だからこそ余計、俺じゃ駄目なんだって諦めがついたっていうか」

赤宗への好意は、憧《あこが》れに近いものもあったせいか、すぐに諦めがついたのだ、と告白される。

「なんで、すぐ言ってくれれば」

「ごめん。だってそう言ったら、もう霙くんが構ってくれなくなるって思って……」

「そんな」

呆然とした霙に、佐藤が申し訳なさそうに頭を掻いた。

「俺のためにいつも一生懸命になってくれる霙くんが、すごく愛《いと》しくなってきて。ゲイに偏見《へんけん》がないからといって、そういう人がみんな男と恋人になることに抵抗がないとは思わないけど、でも今もこうして、俺のために泣いてくれる霙くんのことが、すごく可愛《かわい》くて……」

今、もしかしなくても口説《くど》かれているのだろうか。

自分にとってそんな都合のいい展開があっていいものかと否定する霙の頬を、佐藤が大きな掌で包み込んだ。

「……好きです」

小さな呟きに、霙はびくっと背筋を伸ばした。

「ごめんね。騙《だま》してて。でも……俺は、素直で真っ直ぐな霙くんが好きです」

真っ正面から伝えられた告白に、霙は反射的に頷いていた。

「あの、俺も！」

今まで恋愛経験など殆《ほとん》どなくて、当たり前のように女の子と付き合って結婚するものだと思っていた。

自分が男と付き合うことは想定しておらず、佐藤のことが好きになってもまだ、この恋が成就するとは思っていなかった。

それでも、佐藤に好きだと言われたのが嬉しくて、即ＯＫしてしまう。

むしろ瞬時に返事があったことに、佐藤のほうが驚いているようだった。けれど佐藤はすぐに我に返り、頬を緩める。

「……本当？　霙くん」

「うん、あの、俺も佐藤さんが……」

好きです、と言おうとした唇を、佐藤がそっと塞《ふさ》いでくる。いくら深夜とはいえ、路上でキスをするなんて、と固まった。

触れただけの唇は離れていき、佐藤が微笑む。

気付けば固まっていた霙は、はっとして自分の顔を包んでいた佐藤の手を掴んだ。

「さ、さと、佐藤さんっ、ここ道！　道だから！」

「うん、でもクリスマスだから」

答えになってない、という反論は再びキスに飲み込まれる。慣れない唇を優しくこじ開け、佐藤は霙の口の中に舌を差し込んだ。

「待っ……」

抗《あらが》おうと伸ばした手は、頼りなく佐藤の胸元に縋《すが》った。

佐藤は霙の腰を抱き、深く霙の舌を絡め取る。どう息をすればいいか、どうしたらいいかわからず困惑して無意識のうちに息を止めた。

佐藤は唇をわずかに離し、ふっと息を吹きかけてくる。霙が一つ呼吸をしたのを見計らって、また唇を重ねた。それを繰り返すことで、キスの間隙《かんげき》で呼吸をするタイミングを霙は掴む。

気付けば、自分から夢中で唇を合わせていた。

ぶる、と背筋が震えるのは、一体どうしてなのか、初体験の霙にはわからない。

「ん……」

佐藤がゆっくりと顔を離し、霙の唇を親指で拭う。

自分が今まで「面倒を見ている」くらいに思っていた相手が実はずっと大人だったことに気

付かされた。

腰が抜けそうになっている霙を、佐藤がぎゅっと抱き寄せる。

「……このままお持ち帰りしたいけど、自重しておくね」

お持ち帰り、と口にして、その意図に気が付く。密着していたせいで、霙の動揺に気が付いたであろう佐藤はふっと笑みを零した。

「大丈夫。一日でそんなに距離は詰めないから」

大事にするから、と重ねられて、霙は自分の体が熱くなったのを自覚した。

甘ったるい佐藤の声に、恥ずかしさと嬉しさが募《つの》る。

生まれて初めての両想いに浮かれきっていた気持ちは、けれどすぐに萎《しぼ》んだ。

——待って。ちょっと待って。

佐藤が、霙を好きになってくれた理由を反復して、先程まで盛り上がっていた気持ちが急降下する。

俺のために一生懸命になってくれる霙くんが——。

霙が一生懸命だったのは、辰巳《たつみ》との取引があったからだ。

彼が好きになってくれた「一生懸命」は、言うなれば生前贈与目的の打算によるものだった。

きっとそれを知られたら、軽蔑《けいべつ》されるし、嫌われる。

「あの」

「ん？」

笑顔を向けられて、雯は言葉を失った。

今言い出さなければ、きっと許されるタイミングはもうない。もしその後、言う機会が訪れても、それはもう謝って許されるような時期をとっくに過ぎているだろう。

だから今、言わなければならない。

そう思うのに、どうしても声が出なかった。佐藤は雯の意図を勘違いしたのか、ぎゅっと手を握ってくる。

「ありがとう」

「……え」

「俺のこと、好きになってくれて。すごく嬉しい。本当は今日、玉砕する覚悟で来たんだ。男同士だし、赤宗さんのこと好きだって言ってたくせに、って」

これが今までで一番のクリスマスプレゼントだよ、と言われて、雯は既に許されるタイミングではないことを知った。

「お……俺も」

両想いになって幸せなはずなのに、嬉しさよりも恐怖が勝る。

騙している、という罪《つみ》の意識に苛《さいな》まれる。

それでも、彼に手を振り払われるのが怖くて、自分から手を離すことが出来なかった。

二十五日からは佐藤の仕事が忙しくなって会えなかったが、大晦日《おおみそか》から元旦にかけては、佐藤と過ごした。

二人で初詣《はつもうで》に行き、ご来光を見て、佐藤の部屋に行った。

佐藤は駅から徒歩十分ほどの１ＬＤＫのマンションに一人暮らしをしている。そんな話を聞くばかりで、実際に入るのは初めてだ。

「ちょっと散らかってるけど……」

「そう？　あ、炬燵《こたつ》だ」

散らかっているから、と実際に部屋に入るまで何度も繰り返されたが、彼の寝室へ入ってみると生活感はあるが決して散らかってはいない。

ライターだというので書籍が多いくらいだろうか。

お邪魔します、と言って中へ入り、ベッド脇の炬燵に足を入れる。出かける前に電源を入れっぱなしにしていたらしく、炬燵は暖かかった。

「わーい、あったかい」

ぬくぬく、と言いながら炬燵を堪能していると、佐藤はみかんやお茶などを出してくれた。

正月特番を観ながら他愛のない会話をする。ふわ、と欠伸《あくび》をした霙に、佐藤が腰を上げた。

「俺、リビングに布団敷いてくるから。霙くんはベッド使ってね」

「え、俺がそっちで寝ますよ」

クローゼットから出された客用布団の前で、俺が、いや俺がと押し問答していると、佐藤がふと顔を上げた。

「……それとも、一緒に寝る？」

「え？　――あっ」

言われた意味に気付き霙はぱっと赤面した。

腕を引かれ、ベッドの上に優しく押し倒される。起き上がる間もなく、佐藤が覆《おお》いかぶさってきた。

「さと……」

クリスマス以降はじめて、佐藤と唇を重ねた。

久しぶりに触れ合うのは気持ちよくて、霙は無意識に佐藤の背中に手を回す。角度を変えてキスを深めながら、佐藤は霙の腰に触れてきた。

セーターを捲《めく》り、直接素肌に触れてきた手の感触に、霙はびくんと体を強張《こわば》らせる。

「や、……佐藤さん、待ってください！」

思わずぐいっと佐藤の胸を押し返してしまい、はっとする。

あからさまな拒絶をした霙を、佐藤が強張った顔で見下ろしていた。

「あの、違」

けれど言い繕《つくろ》う間もなく、佐藤は霙の上から退《ど》いた。

そして、いつも通りの笑顔を浮かべる。

「ごめん、焦《あせ》ってるな。かっこ悪い」

「ごめ、違うんです。あの、嫌がってるわけじゃなくて」

必死に言い訳をする霙に、佐藤がわかってるよと頷く。

「……男相手、初めてなんだからしょうがないよ。心の準備に時間がかかるのは当たり前だし、勝手に焦ってる俺が悪い」

男相手どころか、肌を重ねるのは佐藤が初めてなのだ。けれどそんな申告をしてもしょうがなく、たまらなくなって俯《うつむ》いた。その頬にキスをして、佐藤が腰を上げる。

「どこいくの?」

「ん。リビング。じゃあ、おやすみ」

そう言いながら、彼は布団を抱える。

おあずけにしている身分で、まだ一緒にいようとはとてもではないが言えなかった。抱かれる覚悟がないなら、自分はおとなしく彼を見送るしかない。

おやすみなさい、と返すと、佐藤は苦笑して背を向けた。

「電気消すね。寝るならテレビも消して」

そう言って、返事も待たずに寝室の電気を消してしまう。その後は振り返らずにリビングに行ってしまった。霙は息を吐き、おとなしく布団をかぶる。

——もったいぶってたら、きっと佐藤さんだって怒ったり飽《あ》きたりするよな……。

佐藤を拒《こば》んだのは、不慣れさからくる怯《おび》えももちろんあったが、一番の理由は「後ろめたさ」だ。

佐藤の赤宗への恋を応援していたのは、本当だ。佐藤の恋が上手《うま》くいって欲しいと、願っていたのも嘘ではない。——けれど、きっかけは辰巳からの取引だった。

その懸命さを好きになってくれたのだとしたら、霙は佐藤の好意を受け取る資格がないのではないだろうか。

きっと、正直に話せば軽蔑される。それが怖くて、霙は佐藤を受け入れることが出来ない。

そしてこのままでは、いつか飽きられる。

その日、霙は悶々《もんもん》と、眠れぬ夜を過ごした。

それから二人の仲は進展しなかった。何度か佐藤の家にも足を運び、いい雰囲気になっても、直前になって霙が怖気付《おじけづ》く、というのがパターン化してしまった。

もし「取引」のことがばれたら、と思うと体が竦《すく》んでしまうのだ。女の子でもないのに勿体《もったい》ぶってもしょうがない。そう自分に言い聞かせても、初めて体を重ねた相手に嫌われたら、立ち直れないほど傷つくのがわかるから怖いのだ。

一緒にいるのは、楽しくて嬉しい。でも、佐藤を思うと苦しい。

今日も屋台に顔を見せた佐藤はいつも通りなのに、申し訳なさが募って、最近の霙は恋人の顔を直視出来なくなり始めている。

早いところけりをつけるか、経緯はどうあれ今は両思いなのだからと割り切ってしまわないと、いずれ限界を迎えてしまいそうだ。

そう思いながらバレンタインデーも過ぎ去り、もう春も近づき始めている。

いつものメニューを注文する佐藤に、霙はちらと視線を向ける。

「あの、明日からじいちゃんが復帰することになったんで」

臨時の屋台店員はここでお役御免《ごめん》となることを言うと、佐藤は「そうなの?」と残念そうな顔をした。やっと体力的にも慣れてきた頃だったが、致し方ない。

「春までやるのかと思ってた」

「実は、明日久々にあっちのバータイムに出ることになって」

赤宗に、夜も出られないか、と打診されたのがきっかけだった。

辰巳の代理として屋台を引くようになって以来、夜シフトは一度も入れてこなかった。

それでもなんとかラ・ファータは回せるはずだったのだが、どうしても人手が足りない日もあり、バータイムの仕事を打診されたのだ。

「そしたらじいちゃんが、腰も回復したし、暇だからそろそろ復帰するかって」

療養しすぎて体がなまった、とぼやいていた。

「常連さんともやっと馴染んできた頃だったし、寂しいんですけど」

「うん、俺も霙くんの顔見ておでん食べるの、本当に楽しかったから残念」

「褒《ほ》めてもなんも出ないっすよ」

「褒めてるっていうか、口説《くど》いてるんだけど」

けろっとそんなことを言う佐藤に、霙はぐっと詰まる。

「……恋人相手に口説くもくそもないでしょ」

精一杯の思いでそう返すと、佐藤は頰を緩《ゆる》めた。

散々焦《じ》らしておいて、そんなことを言って呆《あき》れられるかと思ったが、佐藤が嬉しそうな顔をするのでこちらまで嬉しくなった。

辰巳と屋台の店番を代わってから、夜の時間がだいぶ手持ち無沙汰《ぶさた》になってしまった。

せっかくだからバータイムの時間をもっと増やそうか、それとも他にバイトをしようかと思案する。

「赤宗さん、来月あたり俺、夜シフト増やしてもいいですか」

「えっ、うん、大歓迎！　よかったらカクテル作りも教えるからいつでも言ってね」

霙はバータイムに入るときはホール係に徹しているが、カクテル作りも出来たら色々便利かもしれない。

佐藤もカクテル作りに凝《こ》っていたようだし、共通の話題が増えるだろうか。それに、部屋に遊びにいったときにおうちカクテルをするのも楽しそうだ。

そんなことを考えていたら、佐藤がラ・ファータのドアを押してやってきた。

「いらっしゃいませ」

いつも通り注文を取りに行こうとして、やけに佐藤が浮かない顔をしていることに気が付いた。平素、霙を見れば笑顔になり、機嫌のいい様子でオーダーをする彼は、沈《しず》んだ表情でテーブルの一点を見つめている。

「佐藤さん？」

雲が声をかけると、佐藤はゆっくりと顔を上げた。そして、注文を口にせず、ただじっと雲を見上げる。

「……どうしたんですか？」

怪訝《けげん》に思って問うと、佐藤ははっとして俯いた。

「なんでもないよ」

全くなんでもないようには見えない。しかし就業中なので突っ込みにくい。

「……ブレンドと、ホットサンドください」

「かしこまりました」

まるで追い払うように注文されたのが気になったが、オーダーを通さないわけにはいかないので雲は伝票を持ってカウンターへ戻る。

佐藤の様子には赤宗も気が付いたようで、「どうしたの？」と問われた。けれど雲にもよくわからず、首を傾《かし》げるほかない。

出来上がった品を持っていくと、やはり佐藤は沈んだ様子で雲を見つめた。

「今日、何時に終わる？」

「え……今日は昼だけなので、遅くとも十五時までには」

「そっか。……じゃあ、終わったらうちに来てくれる？」

「あ、はい」

特に断る理由もなかったが、そこまで暗い表情で告げられる理由に思い至らず、困惑する。

結局佐藤は一度も上機嫌になることがないまま、食事を済ませてすぐに店を出て行った。

食器を下げて戻ると、赤宗も不思議そうな顔をする。

「佐藤さん、なんか変だったね。どうしたんだろ。具合でも悪いのかな」

「……わかんないです」

なにもないといいね、と言う赤宗の科白に、雯は頷く。

けれど妙に胸騒ぎがした。


幾度か訪れた佐藤のマンションを訪ねると、すぐにドアが開いた。

「……どうぞ」

普段通りのように見えるが、様子がおかしい。さっきから、ずっと目が合わない。

お邪魔します、と言って上がり込む。

いつも通り片付いた部屋で、やはり様子が違うのは佐藤だけだ。

「あの、これ赤宗さんからの差し入れで」

具合でも悪いのかもしれないと、赤宗がはちみつとレモン入りのドリンクを持たせてくれた。

それをリビングのテーブルの上に置くと、佐藤は一瞥《いちべつ》を投げて、気のない様子で「どうも」と
おざなりな礼を口にした。

ソファに腰を下ろし、佐藤は大きな溜息を吐く。わざわざ呼び出したのに、佐藤が口を開く
気配は一向に訪れない。

一体どうしたのかと、不安が募る。躊躇《ちゅうちょ》しながら、霙もソファに腰を下ろした。

にわかに沈黙が訪れる。

耐え切れなくなったのは霙が先だった。

「あの……なんか変だよ、今日。具合悪い？　なんかあった？」

霙が水を向けると、佐藤はようやく顔を上げた。

そして、幾度も逡巡《しゅんじゅん》する様子を見せ、眉を寄せる。

「佐藤さん……？」

「──『罪滅ぼし』のこと、聞いたよ」

唐突に切り出された言葉に、霙はびくりと体を強張らせる。

その霙の表情を見て、佐藤はふいと視線を逸《そ》らした。

「すごい偶然だよね。昔じいさん同士が友達でライバル関係だったなんて」

穏やかな声音からは、佐藤の心情が響いてこない。彼の感情が読めなくて、霙はただ頷いた。

「そんなの気にしなくていいのにね。うちのじいさんはばあさんと仲良くしてたし、結果的にはおしどり夫婦になったからそう恨《うら》んではなかったと思うんだよ。そう言ったら、霙くんのおじいさんもほっとしてて」

「……そう、なんだ」

それはそれでよかったが、祖父は一体彼になにをどこまで話したのか。

余計なことを言えばぼろが出そうで、霙は蒼白になりながら、唇を噛む。

「罪滅ぼしに自分の孫に相手の孫の面倒を見させるっていうのも面白いよね。……しかも、それへの報酬が持ち家だなんて――」

佐藤の言葉に、霙は硬直してしまった。

あからさまな動揺を見せてしまい、霙は咄嗟《とっさ》に顔を上げる。眼前の、佐藤の表情はひどく驚いた様子で、すぐに顰《しか》められる。

「……本当なんだ」

「それは」

申し開きをしたかったが、どう言ったらいいかわからず、霙は言葉を失う。なにを言っても、保身にしか聞こえないような気がした。

「一生懸命やってくれたのは、俺のためじゃなかったんだ。……そりゃそうだ、そんなの、理由がないもんな」

佐藤が自嘲気味に言うのに、霙は膝の上で拳を固く握った。

言い訳もせず黙り込んだ霙に、佐藤は嘆息をする。

「――じゃあ俺と付き合ってくれたのも罪滅ぼしの一環?」

「え……」

一瞬なにを言われているのかわからず、霙は息を飲んだ。

その表情を、佐藤がじっと観察しているのもわかる。そして、どういう判断を下したのか、
佐藤は口を開いた。

「俺の恋愛成就が、おじいさんとの取引の条件だったんだよね? 赤宗さんにふられたら条件を満たさないからって、自分の身を差し出したの? 俺がまんまと惚《ほ》れたからラッキーって思ったわけ?」

佐藤の言葉に、霙はざっくりと傷ついた。

どう返していいかもわからず身を震わせながら佐藤を見返すと、彼は苦い顔をしてまた視線を逸らす。自分より傷ついているのは佐藤で、佐藤を傷つけたのは他でもない自分なのだと、改めて自覚した。

「そうやって自分の身を差し出して、ある程度時間が経ったら……家をもらったら、俺と別れようと思ったの?」

自分の気持ちを疑われた。

しょうがない、と納得する一方で、佐藤に自分の好意を否定されたのがショックだった。この状況では疑われるのは当然だし、自分が逆の立場だったらやっぱり同じように思うだろう。それでも、財産を譲《ゆず》り受《う》ける目的で身を差し出したのだと思われたことに傷つく。

違う。

そう言いたかったが、声を出したら泣いてしまいそうでかなわなかった。

こんな場面で泣いたら、今度は泣いて誤魔化すのか、と言われるかもしれない。

「……なにも、反論はないの？」

返事を待たずに言葉を重ねられて、霙は口を噤《つぐ》む。

まだ、泣かずに答える準備が出来ていない。もう少しだけ待って欲しいと願う霙の気持ちと裏腹に、佐藤はさらに言葉を重ねる。

「なんとか言ってよ。本当に、俺との付き合いは打算だったの？　おじいさんから家がもらえるから、それだけのために俺のこと好きだなんて言ったの？」

――違う。佐藤さんのこと、本当に好きだよ。告白されて嬉しかった。好きだから付き合ったんだよ。

泣いたら言い訳にしか聞こえない。だから言葉に出来なくて、霙は立ち尽くす。

「俺のことなんて好きでもないのに、家がもらえるから付き合ってたのか」

「――」

違う。咄嗟に叫んだつもりだったのに、声が出ない。どうしてか、唇が震えるばかりだ。黙ったままの霙に、佐藤が何度も問うてくる。このままでは霙の気持ちすら、誤解されたままになる。だから早く答えないといけない。けれど、焦れば焦るほど喉が震えるばかりで声にならなかった。

いつまでも否定しない霙に、佐藤は顔を歪《ゆが》ませる。

「――最悪だ」

吐き捨てるように言われた言葉に、霙は息を飲む。

ソファの肘掛《ひじかけ》を、佐藤が叩く。その衝撃が、彼の怒りを霙に如実《にょじつ》に伝えた。出会ってからずっと穏やかだった佐藤の悪態と乱暴な動作に、彼が本当に怒っているのだというのが、十分にわかった。

堪《こら》えきれず、涙が一粒零《こぼ》れる。しゃくりあげそうで唇を噛んだが、肩が震えた。

はあ、と大きな溜息を佐藤が吐く。

「……悪いけど、帰ってくれるかな」

いつも霙が落ち込んだりしていると慰《なぐさ》めてくれた佐藤に突き放され、霙は無意識に手を伸ばした。

けれどその指が縋《すが》る前に、「触らないで」と拒まれる。

触れることすら許さない佐藤に、息が止まるほどショックだった。

一分、一秒ごとに彼に嫌われているのだと自覚し、一刻も早くその場から逃げなければと立ち上がる。

ふらふらと玄関を出て、初めて見送りもない状態で佐藤の部屋を出た。

「ひっ……──」

ドアを閉めた瞬間に嗚咽《おえつ》が零れて、霙は走ってエレベータに飛び込む。

自業自得なのは十分わかっていた。

それでも佐藤に──恋人に、触るのも嫌がられるほど嫌われたのだと知って、涙が止まらない。

外聞が悪いことは重々承知だ。けれど、泣きやむことが出来なくて、霙はまるで子供のように泣き声を上げた。


初めての恋愛と、それを失ったダメージは思いのほか大きかった。

翌日、顔が腫《は》れたまま店に行くと、赤宗にスタッフルームに押し戻されてしまった。朝、家族に「その顔で行くのか」と言われたが、相当醜《みにく》いらしい。

一晩経っても気が抜くと零れる涙は、店に来るまでになんとか抑えた。顔のほうはどうにもならなかったのでそのまま来たが、却って心配させてしまったらしい。一日洗い場や在庫管理など、客前に出ない仕事を回してもらった。

シフトの時間が終わり、帰ろうとしたら赤宗に呼び止められる。

照明が落ちたところなら、顔色まではわからないよ、と赤宗は霙をバーカウンターに座らせた。帰ってもすることなどないし、一人でいたくなかったので、霙はおとなしく腰を下ろす。

バータイムに客席に座ったのは初めてかもしれない。

「——なに飲む？」

カウンターの中の赤宗は、いつもと違った雰囲気に見えた。

店長とアルバイトではなく、客とバーテンダー、という立ち位置だからかもしれない。

見るともなしにメニューを捲《めく》り、ふと、誕生日に佐藤が作ってくれたカクテルを思い出した。

「……『ターコイズブルー』」

霙のオーダーに、赤宗は目を丸くし、そして微笑んだ。

タンブラーに氷を入れて冷やし、背後の棚《たな》から必要なリキュールを取り出してカウンターに並べていく。流れるようなその作業を見ながら、霙はふっと笑った。

「赤宗さん、俺、失恋しちゃった」

ぽつんと落とした呟きに、赤宗は手を止めた。

笑って話したつもりが、また涙が零れる。枯《か》れるほど泣いたと思ったのにまだ流れる涙に、霙は苦笑する。

ほかにも客がいるのに、バーテンダーを独占してはいけない。頭の片隅でそれはわかっていたけれど、一言弱音を吐いたら決壊するように言葉が零れ落ちた。

かいつまんで、今までのことをすべて赤宗に吐露《とろ》する。

そもそもの辰巳からの依頼、打算で佐藤の願いを叶えようとしたこと、最初は赤宗への想いを成就させようとしたが、霙が佐藤と付き合うようになったこと。

そして、辰巳からの報酬についてなどがばれて嫌われ、振られてしまったこと。怒る佐藤に今以上に嫌われるのが怖くて、言い訳の一つも言えなかったこと。

ぼろぼろと涙を零し、しゃくりあげながら話した霙に、今まで黙って聞いていた赤宗が「駄目」と呟いた。

「え……?」

「駄目だよ、霙くん。黙ってちゃ駄目だ。自分の気持ちはちゃんと伝えないと。謝るのはそれからでも十分だよ」

そう言って、赤宗は再び手を動かし始めた。

ようやく周囲の状況が目に入ってきた霙は、カウンターの中でアルバイトが一人で動き回っていたのもやっと目に入る。慌てて頭を下げると、彼は微笑《ほほえ》み一つで返事をした。

「黙ってて伝わることなんてないんだよ、お互いに。話が成立しているように見えたからって、そこに誤解がないとも限らない」

赤宗はシェイカーに材料を入れ、振る。タンブラーに入れてあった氷を捨て、そこへシェイカーから綺麗なブルーのカクテルを注いだ。グラスの縁《ふち》に切り込みの入ったパイナップルをかけ、ストローと一緒に出してくれる。

「はい、『ターコイズブルー』」

「……いただきます」

佐藤が以前作ってくれたものと同じ味がする。厳密《げんみつ》には味わいに差異があるのかもしれないが、「ターコイズブルー」の味だ。

おいしいのになんだか泣けてきて、霙は鼻を擦《こす》った。

「相手の考えも自分の考えも、言わなきゃ正確には伝わらないよ。推測とか、思い込みとか勘違いで、折角《せっかく》通じた気持ちを離すなんてもったいない」

それはもっともな話だと思うのだが、どうしても勇気が出ない。

だまりこくっている霙に、赤宗はそうそう、と声を上げる。

「『ターコイズブルー』って、所謂《いわゆる》スタンダードなレシピじゃないんだよ」

「そうなんですか？」

なにをもって「スタンダード」とするかはわからないが、霙はとりあえず相槌《あいづち》を打った。

「うん、だからね。バーテンダーの講習とかではあまり教えないものなんだ」

「ふうん……」

「あとね、佐藤さんがバーテンダー講習に行ったのって、十二月入ってからだって知ってた？」

知り合いが講習会開いてるから紹介したんだ、と赤宗が笑った。

この会話になにか意図があるのかと怪訝《けげん》に思う。

「山羊座の誕生日の人のためにわざわざ調べて、誕生日に間に合うように練習したんだと思うんだよね。まあ、これも第三者の勝手な憶測《おくそく》だけど」

佐藤は、霙に気持ちを込めたものをプレゼントしてくれた。

自分は、彼に同じだけまっすぐ気持ちを返しただろうか。

霙は勢いよく立ち上がり、お勘定お願いします、と叫ぶ。静かなバータイムの店内にその声はやけに響いたが、赤宗は咎《とが》めなかった。

「ツケといてあげる。だから、すぐ行ったほうがいいよ」

「――ありがとうございます！」

ばたばたと走る背中に「転ばないようにね」と言葉をかけられた気がする。言われたそばからつんのめりそうになりながら、霙は走った。

この時間ならば、もしかしたら辰巳の屋台にいるかもしれない、と駅前の駐車場に走る。

辰巳の屋台は相変わらず常連でにぎわっている。

息を切らせながら駆け込むと、辰巳と、代理期間中に顔見知りになった常連が「よう」と笑顔を向けてきた。彼らに笑顔で会釈《えしゃく》を返し、霙は辰巳の横に走る。

「どうした、霙。そんな焦《あせ》って」

「じいちゃ、……っ、今日佐藤、さん、来た？」

「佐藤？　おー、来た来た。でもちょこっと飲んで、今しがた帰ったばっかだぞ」

「っ、ありがと」

返事を聞くや否《いな》や、霙は佐藤の家の方向に向かって足を踏み出した。

ちょい待て、と呼び止められ、早く追いかけたい霙はその場で足踏みをする。

「なに!?」

辰巳が話すより先に、顔見知りの常連が口を開く。

「霙くん、また店番しなよ。じいさんも味があるけど、若いのもたまにはいいもんだし」

「ばっきゃろ、俺がいてこそだろうが！」

常連が茶々を入れるのに辰巳が乗っかる。一体なんの用で呼び止めたのかと苛々《いらいら》していると、辰巳がそうだ、とようやく霙のほうを向いた。

「家の話。いつ相続する？」

「……え？」

「だから、家。佐藤の孫、恋人が出来たっつうから、お前があいつの恋を叶えてやったってことだろ？」

その科白《セリフ》に一瞬期待したが、きっと、佐藤が取引のことを聞く前の話だろう。

ぬか喜びしてしまったと、肩を落とす。

「……それ、この間までの話だよ。俺は結局、あの人の願いなんて叶えられなかったし」

霙の科白に、辰巳は「は？」と首を傾げる。

「いや、さっきの話だぞ？」

「え、だって」

「いくらなんでもそこまで耄碌《もうろく》はしねえよ。さっき来て、『霙くんのおかげで、恋人が出来ました。ありがとう』っつって、なあ？」

話を振られて、常連客たちが一様に頷く。

「それ本当にそう言ったの？　佐藤さんが？」

念を押すように訊くと、常連客の一人が言い添える。

「正確には『霙くんのおかげで、短い間だったけど恋が叶いました』じゃなかったか」

「あーそうそう。ほら、この間俺が足長おじさんよろしく霙を使って陰ながら協力したけど、役に立ったかって訊《き》いたら、そんときは答えないまま行っちまったからさ」

それは恐らく自分たちが喧嘩《けんか》別れした日のことだろう。

思い出して辛くなったが、辰巳は機嫌よさそうにうんうんと頷く。

「今日訊いたら、恋愛はうまくいったし霙には世話になったって。ようやく俺も長年の肩の荷が下りたってもんよ」

「短い間……」

辰巳はやけに満足げだが、それで本当に佐藤の悩みを解決したことになるのだろうか。却《かえ》って悩みを増やしたような気がしてならない。

落ち込んだ様子の霙を察してか、辰巳が鷹揚《おうよう》に笑ってみせる。

「大丈夫だって。失恋したけど今でも好きとか言ってたし、まーだ諦《あきら》めてないらしいぜ。あの男！　俺はさっさと次行ったほうがって言ってやったけどな……って、おい、霙？」

辰巳の言葉を最後まで聞かず、霙は走り出した。

もしかしたら河岸《かし》を変えただけかもしれないが、とりあえずは佐藤のマンションのほうへと足を向ける。

これだけ背中を押されないと走れない自分を、佐藤は本当にまだ待っていてくれるのだろうか。のこのこと顔を出して、なに様のつもりだと怒られないだろうか。

そんな不安がなくはなかったが、とにかく霙は佐藤の元へ走った。

途中、人気《ひとけ》のない路地で、佐藤らしき後ろ姿を発見する。

「さと……」

酒が入っていることに加え、全力疾走《しっそう》をしたせいで、息がひどく切れた。

男は霙の気配に気付かないまま、ずんずんと先を行ってしまう。

「待っ……」

胸を喘《あえ》がせ、霙は遠くにあるその背中に向かって叫んだ。

「佐藤さーんっ！」

時刻は二十二時。深夜ではないにせよ、そこそこ近所迷惑だと思いながらも大声を出した。

前を行く人影が、一呼吸おいて振り返る。

「……っ、佐藤、さん……っ！」

身を屈《かが》めながらもう一度名前を呼ぶと、男がじっとこちらを見ているのがわかった。暗くてはっきりとは見えないが、あれは佐藤だ。

息を必死に整えて、霙は顔を上げた。

「ごめんなさい、俺……」

胸を押さえ、言葉を繋《つな》ぐ。

「俺、まだ、あなたが好きです！」

ようやく呼吸が収まってきて、霙は一つ溜息を吐いた。

「俺、家はいりませーん！」

霙の主張に、男がぶふっと吹きだす。なんで笑うの、と泣きそうになったが、霙は目元を擦りながら必死に叫んだ。

「じいちゃんの家なんてもういらないから、だから……」

まだ動けずにいる霙の元に、人影が近づいてくる。ようやく顔の確認が出来るところまで来て、相手が佐藤だとわかってほっとした。

「……いや、折角家がもらえるなら、もらっておきなよ」

その顔はいつも通り優しい笑みを湛えていて、また涙腺が緩《ゆる》む。佐藤は少し困ったような表情を浮かべて、霙の目尻を拭《ぬぐ》った。

「そうじゃないね。……俺もまだ、君のことが好きです」

霙くんが好きだよ、と重ねられて、ぶわっと涙が溢《あふ》れる。

「……さと、佐藤さ……佐藤さぁん……」

思わず手を伸ばした霙を、佐藤は抱きしめてくれた。ひーん、としゃくりあげた霙の背中を大きな手で優しく撫《な》でる。

そして、涙でぐしゃぐしゃの霙に、佐藤は触れるだけのキスをした。

佐藤は霙の手を引き、自分のマンションに招き入れてくれた。

その間、涙は止まらなくて、霙はずっとしゃくりあげていたのだが、ようやく落ち着いてきた。ハンカチを当てたままの霙と、佐藤の間には、先程からずっと沈黙が落ちている。

——気まずい……。

冷静になったら急に恥ずかしくなって、涙で汚《よご》れた顔に当てたハンカチを外せなくなってしまった。

——恥ずかしい。子供かよ……ていうか今俺、絶対ぶさいくな顔してる。……顔、洗いに行きたいけど、今ハンカチを外すわけには……っ。

両手で顔を覆《おお》うようにしてハンカチを押さえつけながら、霙はだらだらと冷や汗を滲《にじ》ませる。

どうしたものかと硬直していると、不意に手の甲をつつかれた。

「っ……!?」

びくっと背筋を伸ばし、しかし視界が塞《ふさ》がっているので一体なにをされたのかと困惑している霙の前に、佐藤が近づく気配がする。

「息、苦しくない？」

「いえっ、おかまいなく！」

しゃちほこばって答えた霙に、佐藤がふっと笑う。赤宗にはあんなに緊張していた佐藤だったのに、今は自分のほうがよほど佐藤に対して狼狽《ろうばい》している。

そして、前髪になにか柔らかなものが触れる感触がした。

「じゃあ、そのままでいいや。聞いてくれる？」

佐藤の声は穏やかだ。

先程霙の告白を受け入れてくれたような気もするものの、ことはそう単純にいかないのだろう。やっぱり無理、と言われる悪い想像をしてまた泣きそうになったが、霙は頷いた。

「――本当はね、霙くんの様子がおかしいなっていうのは、薄々感じてたんだ。……経験もそんなに多くないって言ってたし、男は俺が初めてなんだよね？」

問われたので、頷く。けれどすぐ首を振った。

「えっ」

「お、男だけじゃなくて、誰とも初めて、だから。付き合ったことは、あるけど」

「あ、そ、そうなんだ」

互いにかーっと赤面して、佐藤は気を取り直すように咳払《せきばら》いする。

佐藤曰《いわ》く、セックスを拒《こば》むのは、未知への恐怖からだろうと思ったけれど、どこか違和感があった。そんな風に思っていたところ、辰巳から「取引」の話を聞いてショックを受けたのだという。

「……そういう約束をしてたから、俺の告白が断れなかったんじゃ、とか、不本意だけど体を差し出そうとしてるんじゃないかって危惧《きぐ》もあって」

「ち、ちが」

ハンカチを押し当てたままぶんぶんと首を振る。

「でも……霙くん、否定しなかったじゃない？」

なんとか言って、とせっつかれて、後ろめたさもあって強く否定は出来なかった。

はっきり違うと言わなかった霙に、佐藤は自分の懸念《けねん》が確信に変わったのだと苦々しい口調で零した。

一度は収まった涙が再び溢れて、霙は「ごめんなさい」と呟く。

「俺、佐藤さんが言うとおり、最悪です。……すいません、ごめんなさい……」

最悪だ、と言った佐藤の声音は、まだ鼓膜《こまく》に刺さったままだ。

反論のしようもなくて俯くと、佐藤が「えっ」と声を上げる。そして、霙の肩を摑んだ。

「最悪って、なに？　そんなこと言ってないよ俺」

「い、言いましたよ。俺覚えてます……っ」

霙がごめんなさいと言いながら説明すると、佐藤は違う、と強く否定した。

「あれは、両想いになったたって浮かれて、好きな相手に無理をさせて付き合わせていたことにも気付かなかった自分に対してだよ！　そりゃ、好きでもない男に体差し出そうとした霙くんにもちょっとは腹を立ててたけど！」

「好きじゃなくなんてないです！」

誤解だ、と同時に叫んで、顔を突き合わせる。

咄嗟《とっさ》にハンカチを外してしまい、腫《は》れた顔を佐藤の前に晒《さら》してしまった。慌てて隠そうとしたが、佐藤に手を摑んで阻《はば》まれる。

「やっと顔見せてくれた」

優しく微笑みながらそんなことを言われ、霙は羞恥《しゅうち》のあまり、くしゃりと顔を歪めた。

「……だって、佐藤さんが好きになってくれた俺って、俺じゃないし」

「そんなことないよ」

「協力したきっかけは、下心があったからですもん。……途中からそんなの忘れてましたけど、でも、そんな裏事情知られたら嫌われるってわかってたし、佐藤さんのこと騙してたみたいなもんだし、嫌われたくなくて、それに――」

とめどなく零れそうになった悔恨《かいこん》を、佐藤に唇で塞《ふさ》がれた。

宥めるように優しく触れる唇に、苦しさで詰まっていた胸が楽になる。

「もうそのことはいいよ。今、俺のこと好きなのは本当なら、それでいい」

「はい！　佐藤さんが好きだから、家はもういらないです！　俺、家じゃなくて佐藤さんが欲しいです！」

胸元に縋《すが》って必死に訴えた霙に、佐藤はがっと目を見開く。そして彼は固まったままころんと床の上に転がった。

「え、さ、さとーさん？」

「……霙くんの照れるツボがよくわからない……顔見せるのは恥ずかしがるのに、そういうのは臆面もなく言えるんだね」

「え？　すいません見捨てないでください……っ！」

微妙な顔をして横臥《おうが》した佐藤に顔を近づけると、項《うなじ》に手が回ってきてぐいっと引き寄せられた。家はもらっていいってば、と呟いて、佐藤は霙にキスをする。

まだ慣れない接触に体を強張らせながらも、霙はぎゅっと目を瞑《つぶ》って逃げずに唇を押し付けた。ふっと息を吹きかけられて思わず開いた口の中に、佐藤の舌が入り込んでくる。

「ん……ん、ん」

どんどん深まるキスに追い込まれ、霙は気が付けば床に押し倒されていた。いつの間にか形勢が逆転していて、潤《うる》んだ視界で霙は佐藤を見上げる。

「……ごめんね」

「え……」

「最初だし、ちゃんとシャワー浴びて、ベッドの上でって思ってたんだけど——」

我慢出来ない、と切羽詰まった声で言いながら佐藤は深く唇を合わせてきた。息ごと奪うようなキスに必死について行こうとする霙の腰を、大きな掌が支える。

「ん……」

下着の中に入り込んだ手に、いつの間にか固くなっていたものを触れられた。

「ん、ん！」

今まで誰にも触れられたことのないそこは、佐藤の手に撫でられるだけで信じられないくらい昂《たかぶ》った。

荒々しい互いの息遣いの隙間に、濡れた音が混じる。自分のものがはしたなく快感を訴えているのだというのがわかって、全身が熱くなった。

佐藤の指は、初めて霙の体に触れるはずなのに的確に愛撫を施《ほどこ》す。擽《くすぐ》るように優しく、そう思えば強く揉《も》みこみ、乱暴なくらい扱《しご》き上《あ》げ、霙を翻弄《ほんろう》した。

このままじゃ下着を汚してしまう、と不安なのに、佐藤は手の動きを止めてくれない。

「待っ……ぅ、んん……っ」

あっという間に追い立てられて、無意識に腰が逃げる。

けれど佐藤はそれを許さず、短時間で見つけた霙の弱い部分を攻め立てた。

「ん、んー……っ」

全身が強張り、堪えきれずに佐藤の掌《てのひら》に熱を吐き出してしまう。ぎゅっと佐藤の服を摑み、絡められる舌に必死に応えながら霙は身を震わせた。

「は、……」

ようやく離れた唇に、ほっと息を吐く。まるで全力疾走した後のような疲労感に、霙は身を投げだした。

汚してしまった下着ごとボトムを脱がされ、いつの間にか閉じていた瞼《まぶた》を開けば、目の前に佐藤の顔があった。いつも優しく笑っている佐藤は頰を上気させ、怖いくらい真剣に見つめてくる。

求められるのが嬉しくて、霙はぼんやりしたまま手を伸ばした。

「……佐藤、さん」

大きな背中に腕を回し、名前を呼ぶ。それだけで愛《いと》しさが湧き上がってきて、胸に顔を押し付けながら佐藤さん、と繰り返した。

「霙くん、好きだよ」

再び覆いかぶさってきた佐藤は、霙の放ったもので濡れた指で尻に触れてきた。

戸惑う暇《いとま》もなく、指が体の中に入れられる。予備知識としてはあったが、今まで経験したことのない行為に霙は息を飲んだ。

「や、そんなとこ」

「大丈夫。楽にしてて」

そう言われても、と狼狽える霙の体を、佐藤は時間をかけてじっくりと開いていった。息も出来ないくらいの羞恥に身を縮こまらせ、霙は泣きそうになる。浅く息を吐いていたら、宥《なだ》めるようなキスをされた。

襞《ひだ》を広げるように佐藤の指が縁《ふち》を擦り、抜き差しが繰り返される。指が深く入るようになると、今度はある一点だけを執拗《しつよう》に擦ったり、押したりしてくる。なんでそんなとこばっかり、と不思議に思って問うてみたが、曖昧《あいまい》な笑みしか返って来なかった。

「ん、……」

最初は違和感しかなかった場所から、むず痒《がゆ》いような痺《しび》れるような感覚が広がってきて、雯はもぞもぞと身動《みじろ》ぎした。

今はまだ我慢出来るが、覚えのない感覚が徐々に怖くなってきて、腰をずらして逃げる。けれど佐藤はしつこく追いかけてきた。

やめてというのも恥ずかしくてひたすら我慢しているうちに、雯の体は佐藤の指を二本、三本と受け入れられるようになってくる。一体どれほど広がっているのかと怖くなり、思わず足を閉じてしまった。結果的に更に指を深く飲み込む形になり、その拍子に強く中を押されて、びくんと腰が跳ねる。

「っ……?」

射精してしまったかと思うくらいの強い感覚に気が付いたのはそこから一呼吸置いた後のことで、それなのに雯のものは濡れて立ち上がったままだ。

「……どうかした?」

いつも通り穏やかなはずの佐藤の目が、何故だかぎらぎらとしていて雯はびくつく。

こくりと唾《つば》を飲み込み、霙は首を振った。

「なんでもな……あっ！」

ぐりっと中を擦られ、唐突に与えられた強い快感に仰《の》け反《ぞ》る。反射的に逃げた霙の体を、佐藤は押さえつけ、無慈悲《むじひ》に攻め立ててきた。

「あぁ、あっ……あー……っ！」

そんな場所を弄《いじ》られて感じるはずがないと思うのに、唇からはあられもない嬌声《きょうせい》が漏れる。

「あ、あ、やば、無理、無理っ」

もう出る、という寸前で、指を引き抜かれる。

途中で放り投げられて、霙はびくんと身を竦《すく》ませた。

「な、なんで……？」

生殺しだと泣きそうになっていると、佐藤は霙のセーターや下着を剝《む》いた。全裸にされ、肌に触れた冷気にすら、敏感になった体が震える。佐藤もおもむろに服を脱ぎだし、裸になって覆いかぶさってきた。

そして、中途半端にされた霙の中に、再び指を入れてくる。

「ひ、ぅ」

指がすぐさま増やされ、散々弄られたその場所を広げられる。じわりと痺《しび》れるような感覚が波打つように伝播《でんぱ》して、歯を食いしばる。

散々いじられたところへ、熱く固いものが押し当てられ、霙は瞠目《どうもく》した。思わず視線を向け、自分のものよりずっと大きなそれが目に入ってしまい、後悔する。

「待っ、ぁ……――!」

絶対無理だと怯《ひる》み、体が竦んだ。けれど制止する間もなく、佐藤のものを飲み込まされてしまう。大きなそれを、戸惑いとは裏腹に、霙の体はあっさりと咥《くわ》えこんだ。

太く熱いものが、限界寸前まで弄られていた箇所を抉《えぐ》る。その瞬間、既にぎりぎりまで追い詰められていたものが一気にはじけた。

「あ! あぁ……っ!」

一度そこを責められただけで、霙の体はすぐに上り詰めた。断続的に噴きだす自分の熱を、信じられない思いで見つめる。

「や、やだ、だめっ」

頭を振って逃げようとする霙の手首を掴み、佐藤は更に腰を深く突き入れた。

「ひ……、ぁ、あっ! やぁ……っ」

もう出ない、と頭では思うのに、突き上げられるたびに快感の兆《きざ》しが零れる。自分の体がままならないのが怖くて、やめてと訴えたいのに、気付けば霙の口からは甘えるような声しか出てこない。

「あ……っ、あぁ、う」

「霙くん、霙くん……」

熱っぽく自分を呼ぶ声に、体が震える。いつもは穏やかに霙を呼ぶその声が、今は余裕なく掠《かす》れていた。

佐藤の精悍《せいかん》な顔を微かに歪ませているのは、霙の体だろうか。自分が、彼に快感を与えているのだろうか。

いつの間にか解放された手を伸ばし、汗ばんだ彼の大きな体にしがみつく。ぼんやりとしたまま、胸元に、鼻先をすり寄せた。

「さとぉ、さん……」

彼の背中の筋肉が、強張った。

「好き……」

吐息まじりに落とした告白に、下腹の圧迫が強くなる。その刺激に声を上げるのと同時に、苦しいくらいに強く抱きしめられた。

「佐藤さ……？　ん、あっ！」

抱き起こされ、膝の上に乗ることで更に深くまで佐藤のものを飲み込む体勢を取らされる。角度が変わり、与えられた新たな刺激に、霙は無意識に背を反らした。

佐藤はそれを支えながら、腰を揺する。先程までは届かなかった部分を圧迫され、慣れない刺激に目がちかちかした。

「あっ、だめ、これ駄目……っ」

「……霙くん、っ」

「あ、う……っ」

一際《ひときわ》強く突き上げられ、深い部分で熱が爆《は》ぜるのを感じた。強引に頂《いただき》まで引っ張りあげられる感覚に、霙は背筋を波立たせる。気が付いたら自分もまた達していた。

「っ……」

佐藤が息を詰め、強く抱きしめてくる。宥めるように背中を擦る手すら今は過ぎた快楽で、霙は堪えきれずにすすり泣いた。

それなのに、自分の体は佐藤のものをさらに貪欲《どんよく》に飲み込もうとしているような気がする。いやらしいやつだと思われるのが怖くて、霙は頭を振った。

「もう、や」

「嫌？　もう、駄目？」

「やぁ……」

口ではそう言いながら、霙は佐藤の首にしがみつき、自ら唇を合わせる。舌を絡めながら、まだ中に入っている佐藤のものが、再び大きくなっていくのがわかった。

怯えて逃げた霙の尻を、佐藤が両手で掴んで深く抉る。

「んんー……っ！」

上下に激しく揺すられ、霙は合わせた唇の間隙で喘ぐ。

いつの間にかまだ霙の中で固くなっていた佐藤のものに、ますます刺激は強くなった。先程達したばかりの自分のものから、とろとろと透明な体液が零れている。下肢《かし》にまとわりついて全身を覆う絶頂感と、それでも射精を伴《ともな》わない体に泣き声を上げた。

「あぁ、あっ、あ、……っんんっ」

とん、と軽く奥を突かれて、霙はまた達した。息も出来ず、目の前が真っ白になる。

「っ、霙くん……」

「ん、ぁ」

間もなく体の中に出された佐藤のものを受け止めて、霙は今度こそぐったりと体を弛緩《しかん》させた。佐藤の腰に足を絡め、その広い胸に身を預ける。

小さく痙攣《けいれん》する霙の体を佐藤は満足げに抱きしめた。頬を何度も唇で啄《ついば》みながら「好きだよ」と口説《くど》いてくる。応えたかったが、指一本動かすのも億劫《おっくう》で、おざなりに返事をした。

「今度、霙くんの部屋にも行ってみたいな」

「うん、わかった。……わかったから」

「ん?」

もう勘弁してください、と弱音を吐くと、佐藤は笑って、霙の唇にキスをした。

「……これは……」

「どうぞ、入ってください」

門を押し開くと、佐藤はさらに表情を強張らせた。

今日は初めて霙の部屋に招こうと店の上がりと同時に家に呼んだのだが、佐藤は顔色を失《な》くし、何故《なぜ》かネクタイを結び直した。

「……つかぬことをお伺《うかが》いしますが」

「なんで敬語？」

「……ここって、蜷川《にながわ》フーズの会長のお宅……じゃないかな？」

「そうだけど？」

飛び石を踏みながら今更なにを、と首を傾げると、佐藤は目と目の間を押さえて渋い顔をした。

敷地は広いが、手入れが面倒なので家屋《かおく》の大きさはさほどではない。それに、末っ子の霙は会社経営にはまったく携《たずさ》わっていないし、この家や土地も自分には回ってこないだろう。

だからこそ、辰巳が家をくれると言ったときに一も二もなく飛びついたのだ。

「どうかした？」

「いや……おでん屋の……ああ、そう……」

深呼吸をして、佐藤が顎《あご》を引く。

「……頑張るよ」

たかだか部屋に遊びに来るだけの話なのに、一体なんの決意だったのかはわからないが、とりあえずその横顔がかっこよかったので、霙は笑顔で頷いた。

僕は君へと落ちてゆく

Bokuwa Kimieto
Ochiteyuku

「おでん屋が復活するんだー……」

恋人の蜷川霙《になかわみぞれ》が対面の席に座りながら、溜息交じりにそんなことを言ったので、佐藤録朗《さとうろくろう》はランチプレートのホットサンドにかぶりついたまま目を瞬《しばた》いた。

ラ・ファータのランチメニューは、先月からアボカドとボイルした海老《えび》が挟《はさ》まった豪華なホットサンドのセットが加わり、このところ佐藤はそればかりを注文している。

勿論《もちろん》おいしいランチメニューも気に入っているが、一番の目当てはその店でアルバイトをしている恋人の霙だ。自宅で作業をしている佐藤は、ランチタイムぎりぎりの、空《あ》いた時間にいつも行っては、くるくると元気よく働く恋人を眺めて悦に入《い》っている。

付き合い始めてそろそろ十ヵ月が経過するというのに、恋心は落ち着くどころかいつまでも燃え上がったままだ。佐藤自身も、これほど年下の恋人にはまるとは思っておらず、けれどそれが幸せで毎日が楽しい。

今日はランチタイムで上がりだという霙は、スタッフルームで着替えるなり佐藤の対面にやってきてくれた。彼もランチを携《たずさ》えており、霙はほうれん草とベーコンのキッシュのプレートにしたようだ。

いつもならば周囲までも明るくするような笑顔でいる彼が、どこか浮かない表情をしている。

ようやく咀嚼《そしゃく》を再開し、飲み込んだ佐藤は、首を傾《かし》げた。

「おでん屋って……去年やってた屋台の？」

「そう」

霙の祖父――大手食品メーカー・蜷川フーズの会長である蜷川辰巳《たつみ》は、数年ほど前から道楽でおでん屋台を始めていた。その屋台こそがそうとは知らず足を運んでいた佐藤が、霙と恋人になったきっかけの場所でもある。

もともとはラ・ファータの店長の赤宗出海《あかむねいずみ》に片思いをしていた佐藤に、祖父の代わりにしばらく屋台で店番をしていた霙が協力を申し出てくれたのだ。

最初はただ親切な子だなと思っていた。けれどふられてしまった自分のために一生懸命になってくれる霙に対する気持ちは、いつのまにか恋に変わっていった。

だがその親切さが、辰巳の「罪滅《つみほろ》ぼし」の一環だったと知り、そしてそのために自らを差し出したのだと勘違いして、佐藤は霙を傷つけてしまった。

なにかと引き換えに好きでもない男と付き合う霙に少し腹も立ったし、それ以上に、騙《だま》されても好きだと思ってしまう自分を馬鹿だと思った。好きな相手が無理をしていることにも気づかずに触れていた自分が情けなく、苛立《いらだ》った。

色々と誤解がありながらも、今は円満にお付き合いが出来ている。

ただ、霙本人は「俺は普通。凄《すご》いのは実家とじいちゃんだけ」とは言うものの、存外家柄《いえがら》に格差があったので、男として、社会人として、精進《しょうじん》せねばとは思うのだが。きりりと胸が痛みを訴《うった》えるのはいつものことだ。

「――そっか。コンビニのおでんは結構前から売られてるけど、屋台復活するんだ。あのおでんがまた食べられるんだね」

当初採算を度外視していた、という話を聞いたことがあるが、辰巳の作る関東風のおでんはすごくおいしい。コンビニのおでんとはまた違う味わいで、春先に屋台が消えてからも食べたいなあと思うことはあった。

楽しみ、と言おうとして、真向かいに座る霙がいつまでも表情を曇らせていることに首を捻《ひね》る。

「霙くん……？」

「……俺、また屋台手伝うことになるかも」

霙は俯きがちに、フォークでキッシュを突きながらぼそぼそとそんなことを言う。

はっとして、佐藤は眉《まゆ》を顰《ひそ》めた。

「まさか、蛤川さんの体調、よくないとか？」

もともと、昨年霙が屋台を手伝うようになったのは、辰巳がぎっくり腰になったせいだった。

今年もなにかあったのでは、と心配する佐藤に、霙は俯《うつむ》けていた顔を上げた。その表情は、ぎりぎりと歯噛みをしていて、どちらかというと怒っているように見える。

「霙くん？」

「そうじゃなくて、じいちゃん、あれを新しく事業にしたいらしくてさぁ……！」

「事業？」

「そう！　なんか去年グルメサイトとかでもほんのちょっと評判になったからって調子に乗ってさー！『屋台から火が点《つ》いたあのおでん屋がオープン★』的な感じで店舗《てんぽ》経営なんて企《くわだ》ててんだよ⁉　もうほぼほぼ隠居してるくせに！　年寄りの冷や水だよ！」

「あはは」

俺を巻き込むなー！　と霙が呻《うめ》く。

昨年は辰巳のぎっくり腰が完治したあとはお役御免になったはずの霙だったが、今年は最初から手伝い要員として組み込まれているらしい。曰《いわ》く、仕込みの段階から手伝わされていて、祖父の味を覚えこまされている最中とのことだった。

ぷんぷんと怒っていた霙は、不意にしょんぼりと萎《しお》れる。

「……また、社員さんに迷惑かけちゃう」

ラ・ファータは店員同士も仲が良く、佐藤が知る限りではカフェタイムもバータイムも人員の増減はしていない。

霙の休みが増えるということは、単純に他の誰かがシフトを増やさなければならなくなる。そういう場合、社員がその穴を埋めることが多いようだ。

「そういうのでなにか言ったりする人たちじゃないでしょ」

「そういう心配はしてないよ。でもお休み減っちゃうの、なんか申し訳なくって……」

霙は、天真爛漫《てんしんらんまん》な性格と、育ちのせいもあってか、能天気そうにも見えるが、案外と気を遣《つか》う青年だ。

一応悩みを相談されていながらも、そんな恋人を見て「可愛《かわい》いなぁ」と思ってしまうあたり、自分は本当に駄目だなと佐藤は自覚する。

肩を落としている恋人の丸い頰を指で撫《な》でると、霙はきょとんと眼を丸くした。

「佐藤さん？」

「でも俺はまた、霙くんがおでん屋さんやってくれるの嬉しいけどな」

佐藤の科白《セリフ》に、霙は苦笑する。

「……でも、会える時間、ちょっと減っちゃいません？」

声を潜《ひそ》めて、少し恥ずかしそうに言う霙に、佐藤は目を細めた。

「屋台の席から見る霙くんが可愛いから、俺はそれでも十分満足だけど」

素直な気持ちを言ったら、何故《なぜ》か霙がフォークを取り落とした。木製のプレートの上に落としたそれを慌てて拾いながら、霙は口元を押さえる。

「霙くん、どうしたの」

「……佐藤さんって……」

よくわかんない、と霙が赤面する。

もう付き合って一年、することもしてしまっているのに、いちいち照れる霙がとんでもなく

可愛い。——と思いながら眺めていたつもりだったのだが、どうやら無意識に声に出していたらしく、霙が「馬鹿じゃないの、馬鹿じゃないの」と連呼しながらプレートの上のサラダにフォークを突き立てている。

丁度《ちょうど》傍《かたわ》らを通りすぎた店長の赤宗が、霙に「頑張れ」と声をかけていった。


チャイムの音がして、佐藤は作業の手を止める。時計を見ると、午前二時をまわるところだった。インターホンのモニタを覗くと、そこには霙の姿があった。

「霙くん!」

『——こんばんは。入れてくださいな』

いらっしゃい、と声を弾ませ、佐藤はエントランスのオートロックを解除した。それから間もなくして、玄関のチャイムが鳴る。

既にドアの前に待機していた佐藤は、数秒と置かずにドアを開けた。

「いらっしゃい、霙くん。外寒かった?」

「ううん。お邪魔しまーす」

ここまで急いで来たからか、彼のまるい頬はうっすらと染まっている。本当に寒くないのかと触れてみると、霙は目を細めて佐藤の手に頬を摺《す》り寄《よ》せた。

「佐藤さんの手、気持ちいい〜」

自分の恋人の猫のような仕草に内心腰砕《くだ》けになりつつも、佐藤は平静を装って微笑《ほほえ》むにとどめる。

「むしろ俺の手のほうが冷たいくらいだね。ほら、早くあがって」

はぁい、と間延びした返事をしながら、霙は靴を脱いで上がった。佐藤は、お茶の準備をするためにキッチンへと向かう。

「わ。もう炬燵《こたつ》出してんの？　早くない？」

そう言いつつも、霙はリビングに入るなり炬燵に足を突っ込んだ。そして、手に持っていたビニール袋を炬燵テーブルの上に置く。

「佐藤さん、ごはん食べた？」

「あー……食べてない、かな？」

もう午前二時だが、午後三時ごろに軽食を食べたきりで、そのあとは仕事に没頭《ぼっとう》していた。

「だと思った。今日姿見せなかったから、お仕事集中してるのかなって思ってたんだ」

霙は苦笑し、ビニール袋の中から密閉容器を取り出す。その中には恐らく屋台で提供していたのであろうおでんが詰められていた。

「残り物で悪いんだけど……」

「いや、すっごく嬉しい。おなか減ってきた〜」

「あはは、調子いいお腹だなー」

鍋《なべ》貸してね、と言って腰を上げ、霙がおでんを温め直してくれる。これなら飲むのはお茶ではなく酒だろうと、佐藤は冷蔵庫からビールを取り出した。

テーブルセッティングをしている途中で、霙が鍋を抱《かか》えて戻ってくる。残り物だと言ってはいたが、佐藤の好きな、人気ネタの大根やたまごなどもあるので、もしかしたらわざわざとっておいたか作っておいてくれたのかもしれない。

霙が腰を下ろすのと同時に、頂《いただ》きますと手を合わせる。

鍋の中に浮かんでいるのは、大根、たまごの他は、はんぺん、じゃがいも、むすび白滝にロールキャベツ、さつまあげだ。佐藤は早速大根をひとつ取って小皿に移す。

箸《はし》で割ると、中まで出汁《だし》の染みた大根から、ほわっと湯気が上がった。霙が小さな容器に持ってきてくれた練り芥子《がらし》を少し付けて、口に運ぶ。

丁寧に取られた出汁の味がじわりと口の中に広がった。うまいなぁ、としみじみ呟くと、その様子を見守っていた霙がほっと胸を撫で下ろす。

「……よかった」

「うん？」

どういうことなのかと首を傾《かし》げれば、霙が照れたように頭を掻く。

「一応出汁はつぎ足しつぎ足しやってるんだけどね、今日のは俺が全部やったんだ。お客さんはなんにも言わなかったけど、気づいてなかったんじゃなくてもしかしたら遠慮して黙ってたのかも……ってちょっと不安で」

「へえ、そうなんだ！　全然気づかなかった。おいしいよー」

「よかったー。嬉しい。安心したら俺も腹減っちゃった。いただきまーす！」

そう言って、霙はやっと自分もおでんに手を伸ばした。

思わず頭を撫でたら、怪訝《けげん》そうにしながらも微笑んでくれる。可愛い、と無言で佐藤が身悶《みもだ》えた。

「あれ？　佐藤さん、ビール飲んでいいの？」

缶ビールのプルタブを開けた佐藤に、霙が疑問を投げる。

「ん？　大丈夫だけど……なんで？」

「だって、こんな時間まで仕事してたみたいだから、忙しいのかなって……」

だからすぐ帰るつもりだったんだよ、と言う霙に、佐藤は慌てて首を振る。

「いや、全然！　今やってるやつは十一月頭の締め切りの仕事だから、まだ全然余裕あるんだ、本当は」

「そうなの？」

「うん、別に作業がおしてるとか、切羽詰《せっぱつ》まってるとかじゃなくても、集中してるとそればっかりになっちゃって」

体にはよくないのかもしれないが、癖《くせ》のようなものなのでしょうがない。全く集中できない日もある一方で、今日のように筆が乗ってしまって別に急ぎの仕事でもないというのに十時間以上も没頭《ぼっとう》してしまう日もあった。

そういうときでも、いつもは携帯電話のアラームを使い、ラ・ファータのランチタイムに間に合うように切り上げたりもする。ただ今日はうっかり設定をし忘れて、ランチタイムの時間を逃《のが》し、家での軽食ですませてしまったのだ。

佐藤の説明に、雲はふうん、と相槌《あいづち》を打った。

「……じゃあ、今日は忙しくないの？」

「うん。全然余裕です」

佐藤が言うと、雲は箸を置いてすすすと身を寄せてきた。

「雲く……」

名前を呼びかけた唇に、雲がキスを仕掛けてくる。きゅっと目を瞑《つぶ》って、緊張気味に押し当てられた唇がすぐに離れようとするので、佐藤は逃すまいと雲の細い腰を抱き寄せた。

おずおずと開かれた口に、少々強引に舌を差し入れる。ふ、と狼狽《ろうばい》気味の吐息《といき》が零《こぼ》れたが、雲は佐藤の深いキスを受け入れた。

「ん……んん……」

一年かけて随分《ずいぶん》と慣れたようでも、舌を絡めるキスにはまだ戸惑いがあるらしい。羞恥《しゅうち》に身を震わせながらそれでも佐藤の愛撫に感じる霙はたまらなく愛らしく、息ごと奪うように貪《むさぼ》ってしまう。

セーターの裾《すそ》に手を差し込むと、霙がキスの間隙に「だめ」と零《こぼ》した。小さな抵抗に燃え上がってそのまま押し倒そうとした佐藤の頭を、霙は「駄目だってば！」と言いながらぽこんと叩いた。

「お昼からなにも食べてないんでしょ？　ごはんが先！」

「えー……ごはんもいいけど、霙くんが食べたい」

「はいはいそういうおやじギャグみたいなやついらないから。ちゃんと食べて」

佐藤の体を押し返して、霙はまた距離を取ってしまう。箸を持ち直し、すまして食事を再開したところを見ると、本当におあずけの態勢に入ってしまったようだ。ただ、照れ隠しなのはありありとしていて、その頰がうっすらと赤い。

折角《せっかく》霙が作ってきたくれたおでんだし、と佐藤もしぶしぶ食事に戻る。

「……霙くんが仕掛けてきたくせに」

恨《うら》みがましくそんなことを呟けば、霙は目に見えてわかるほど顔を真っ赤にした。その様子があまりに愛らしく、佐藤は行儀悪く箸を嚙んでしまう。

――生殺しだー……。

おあずけをくらった分、我慢が利《き》かなかったらどうしようと危惧《きぐ》しながら、佐藤は心の中で「泣かせたらごめんね」と呟いた。


食事のあとは二人で一緒に風呂に入り、そちらで一回、ベッドの上でもう一回泣かせてしまった。だが泣きながらも霙はいつもより積極的で、そのせいで佐藤も我慢が利かなかったのだと心の中で言い訳をする。

とはいえ結局泣かせてしまったことをちょっとだけ反省しつつ、自分の上でぐったりとしている恋人の髪を撫でながら、佐藤は脂下《やにさ》がる。

何度も極めた体はそれだけでも反応してしまうらしく、霙は息を震わせた。普段は幼いくらいに映《うつ》る霙の色っぽさに、またしても兆《きざ》しそうになった体を佐藤は必死に鎮《しず》める。

「平気?」

「ん……」

霙は放心状態で、とろんと蕩《とろ》けた瞳をひとつ瞬かせた。親指の腹で頬を撫でてやると、応えるように熱っぽい息を吐く。

「……なんか悩み事でもあった?」

そんな風に水を向けると、今まで呆《ほう》けたようだった霙がぱちぱちと瞬《まばた》きをした。佐藤の上に乗ったまま、軽く顔を上げる。

「なんでわかったの?」

「いつもよりなんか積極的だったから」

霙はきょとんとして、それから顔を真っ赤にして佐藤の額を叩いた。痛い、と言いながらも笑う佐藤に霙は頬を膨《ふく》らませる。

「別に、悩みっていうんじゃないんだけどさ」

「うん」

「なんか、赤宗さんのとこで長くバイトしてるからって、親とか兄貴とかがなんかもう、色々うるさくって」

はあ、と大きな溜息を吐いて、霙が佐藤の上から下りる。傍《かたわ》らに寝そべり、佐藤の腕に頭を載せて、嫌そうに顔を顰めた。

「飲食店の店員が向いてるんなら、うちの直営のレストランの店長やればいいとか言い出してさー。そんなの無理無理!」

「はー……そういえば蜷川フーズって、ファミレス経営もしてたっけ」

居酒屋チェーンもやってるよ、と付け足された情報に、今更ながら本当にお金持ちの子なんだなと苦笑する。本人の金銭感覚がその割に普通なのだが、やはり自分の恋人はおぼっちゃんなのだと痛感した。

「店員やってみて思うけど、店長の仕事ってマジ大変そうだし、俺なんかが出来るわけないって思う。少なくとも今そんなのいきなり任せられたら、絶対店潰《つぶ》す自信がある」

「流石《さすが》にいきなり任せたりはしないんじゃ……」

「いきなりじゃなくても無理！」

人間なせばなるような気はするが、それをまだ二十三歳の子に言っても実感できるものではないからなあ、と佐藤は口を噤《つぐ》む。

「俺は店長の仕事なんて無理だって言ってんのに、何故かじゃあ俺に自信つけさせるために調理師の免許でもとらせるかって話になって」

「ほー……それは」

急に話が飛んだな、と言えば、そう思うでしょ！　と霙が上体を起こす。

「なんで急にそんな話になるのって言っても、お父さんもお母さんも兄ちゃんたちもなんか俺ほったらかしで超ノリノリで！」

「でもそんな急に学校って行けるもんなの？」

「……願書は三月まで受け付けてるんだって。面接だけで入学できるらしくて」

そんなものなのか、と感心すると、霙が眉根を寄せる。

「調理師免許なんてなくたってお店って出来るじゃない？　……どう思う？」

「どう思うって、霙くんがどうしたいか、じゃないの？」

佐藤が言えば、霙は目に見えてわかるくらいに表情を曇らせた。突き放したと思われただろうかと、もう一度言い直す。

「手に職をつけるっていうのは悪い話じゃないと思うし、それが将来的に霙くんのためになるんだったら、いいことだと思うよ。それに、ちょっといやらしい言い方しちゃうけど、おうちの人が学費出してくれるって言うならそれってすごくありがたい話だよね」

大人になってから、資格を取ったりなんだりすると実感するのだが、「授業料」というものはおしなべて高い。落第しない程度に、単位が取れればいいや、と学生の頃までは思っていたが、自分が働き、講義のために自分でお金を出しはじめると、「こんなにお金がかかっているんだからちゃんと授業を聞かないと」という気持ちが非常に強くなる。

行きたくても行けない人もいるのだし、とまでは言わないが、親が金銭的負担をしてくれるというのであれば悪い話じゃないのだから、行くだけ行ってみたらどうかと、佐藤は思ってしまう。

「……でも俺、今年二十四だし」

「え、大丈夫だよ。専門学校なんておじさんおばさんだっているようなところだよ」

二十四歳なんて、まだまだ学生でもおかしくない。今年三十歳になった佐藤からすれば、高校を卒業したての子も、霙も、どちらも若い。

「カフェタイムのバイト、入れられなくなっちゃうし……」

「あー、牧田さんだけじゃ大変そうだよね。でも他にもバイトの子いるよね。大丈夫だよ」

ね、と安心させるように頭を撫でる。霙は唇を引き結び、不満げだ。

「どうしたの？」

「……別に！」

ぷい、と霙は横を向いてしまった。佐藤は霙がラ・ファータの戦力になっていないと言ったつもりはなかったが、誤解されてしまったのかもしれない。

そういう意味じゃないよと慌てて弁解してみたものの、もういい、と言われてしまった。

どうも俺は余計なひと言が多いんだよな、と反省しながらも、ごめんねと頭を撫で続けていたら、数分後、ようやく機嫌を直してくれたらしい霙がこちらへ顔を向けた。

「……あとね、実は来月からバリスタの講座受けることになったんだ」

「あ、そうなんだ。そういえば、前に練習するって言ってたもんね」

ラ・ファータには専任のバリスタである牧田という社員の男性がおり、カフェタイムにはとても凝《こ》った図柄《ずがら》のラテアートを提供している。そう凝《こ》ったものでなければ、店長の赤宗をはじめ、アルバイトの店員もそれなりにこなすのだが、霙はいまだにうまくできない、とぼやいていたのだ。

「学校に通うの？」

「ううん。資格取るみたいな本格的なやつじゃなくて、どっちかっていうと技術講習。牧田さんにちょこちょこ習ってはいたんだけど、忙しい人だし、あんまり時間とってもらうのも気が引けて」

「そうなんだ」

「でね、期間は二ヵ月弱くらいで……その間、あんまり会えないかも」

ひどく言いにくそうにしながら、霙が見つめてくる。

会えなくなるのは非常に残念だが、きっとそれは業務的にもこなさねばならないことなのだろうし、ここで年上の自分が駄々を捏《こ》ねるわけにもいかない。

「そっか。しょうがないね」

一言だけ言うと、霙は大きな目を零れ落ちそうなくらい見開き、「やっぱり」と呟いた。

それからむっと唇をへの字に曲げてしまった霙に、佐藤は首を傾げる。

「霙くん？『やっぱり』って？」

霙は佐藤の問いかけに、むー、と渋い表情を作り、大きく溜息を吐いた。

「……俺の問題っていうか、そもそも俺のせいだから、俺がむっとしちゃうのってお門《かど》違いだってわかってるんですけど」

「ん？」

ちらりと視線だけこちらに寄越して霙は顔を押さえ、「あー！」と悶えた。

「あ、会えなくなって残念、とか……思ってるの俺だけなのかなって……」

消え入りそうな声で、最後は殆《ほとん》どフェイドアウトしての告白に、佐藤は自分の顔がだらしなく緩むのがわかった。

どうやら、怒っているのではなく拗ねていたらしい。

本人は「我ながらめんどくさいー！」と腹を立てるやら恥ずかしいやらで大変なようだが、佐藤は年下の恋人にでれっと相好《そうごう》を崩してしまう。

ひとしきり身悶えていた霙は、恨みがましく佐藤を見た。

「……なんですか」

「いやぁ、可愛いなあって思って」

「っ、佐藤さんってほんっと……ああもうやめてくださいそういうの……！」

いたたまれないよう、と真っ赤になる霙を抱きしめ、よしよしと頭を撫でてやる。

「でも講習って、霙くんの誕生日の前には終わるんでしょ？」

恥ずかしがりながら、霙が頷く。

「……はい。教える側の人も普通にお店で働いてる人なので、繁忙期《はんぼうき》は避けるみたいです。二十日ごろには終わります」

「じゃあ、いいじゃない」

言いながら、佐藤はふと今年も霙の誕生日にはなにか特別なことをしよう、と心に決める。

去年は告白しようと気負っていたが、今年は恋人になってから初の誕生日とクリスマスなのだ。考えてきたら楽しくなってきて、佐藤はにこにことしてしまう。

だから、霙がどこか悲しげな顔をしていることに、佐藤は気づけなかった。

・

翌日、佐藤は早速赤宗に、霙の誕生日の十二月二十二日の夜にラ・ファータの貸し切りを申し入れた。

丁度カフェタイムからバータイムへの切り替えの時間帯だったこともあり、赤宗は店の奥で話し合いの席を設《もう》けてくれる。

霙は今日の夜は屋台を引くというので、カフェタイムのあとすぐにラ・ファータから引き揚げてしまうと知っていた。佐藤は敢《あ》えて霙と顔を合わせない時間を狙《ねら》い、赤宗を訪ねたのだ。

「……二十二日、ですか。繁忙期といえばそうなんですけど、多分大丈夫だと思います。今のところ予約は入ってないので」

赤宗は店の端末で確認をしながら、うんうんと頷いている。

相変わらず、向かい合うだけで緊張してしまうような美貌《びぼう》だが、彼に対する気持ちは恋心ではなくなっていて、以前よりはまともに話せるようになった。

告白して玉砕《ぎょくさい》した佐藤に対して、赤宗も変わらず優しく接してくれている。

「よかったぁ。ありがとうございます」

「いえ、こちらこそ。……霙くんの誕生日をお祝いしたいってことですよね？」

そして、今は霙と付き合っていることを知っているので、話しやすくもあった。

ええまあ、と照れて頭を掻く。赤宗は微笑ましいといった様子で目を細めた。

「あれ、でも霙くんのお誕生日って、二十三日じゃありませんでした？」

「そうなんです。二十三日は祝日だからお店の貸し切りが難しそうっていうのはあるんですけど、日付変更と同時にお祝いしたいなあって……」

なるほど、と赤宗が首肯《しゅこう》する。それならば、二十二日の夜が妥当《だとう》なのだ。

「具体的に、ご希望のお料理とかなにかありますか。一応、お誕生日のコース自体はあるんですけど」

「うーん、そこを含めてご相談できればなあと思ってたんですけど……僕個人の希望としては、サプライズ感を出したいかなって」

ただ、具体的にどう「サプライズ」を演出するかまでは考えていなかった。貸し切りにすればいかにも「お祝いします」というのがばればれだし、かといって男同士なので貸し切りにしないと注目を浴びてしまう。佐藤はもともとゲイなので、周囲にどう見られても平気だが、霙がどうかはわからない。

そこはちょっとした悩みどころだった。

そんな話を聞いて、赤宗が「あ」と声を出す。そして、身を乗り出した。

「どうせなら、霙くんに二十二日シフト入ってもらいましょうか」

「え、でも貸し切りなのに」

「貸し切りじゃなくて——そう、この個室を予約しとくっていうのでどうですか?」

「え、ここですか?」

今二人で話をしているのは、店の奥まった部分にあり、唯一《ゆいいつ》ドアが付いている個室だ。他の客が出入りをするようなところではないし、カーテンを下ろせば外からも見られない。

「ここはお客さんを通さない限り、店員も普通は近寄りません。日付が変わるのと同時に、店の者が霙くんの誕生日をお祝いします。そうしたら、ここで待機してる佐藤さんがスタッフっぽく登場、二人でここに移動して、ゆっくりお祝い——っていうのはどうです?」

「それいいですね!」

霙の同僚にもお祝いしてもらえるし、自分も当初の希望通りラ・ファータでの誕生日祝いが出来る。きっと、霙もびっくりしてくれるだろう。

「是非それでお願いします!」

「了解です」

にっこりと笑い、赤宗が誕生日パーティのプランを練ってくれる。佐藤は、ラ・ファータの中で一番いいコースで、とお願いした。コース料理だと本当は一つずつ順番に運んでくるのだが、話し合った結果、恋人たちの邪魔をしないようにという赤宗の気遣いにより、食事は何品か、あらかじめ用意しておくこととなった。

去年は霙の誕生日をきっかけに恋人になることが出来た。けれど霙は、状況的には喜ぶことは出来なかったらしい。

佐藤を騙している、という罪悪感があったからだ。気にしなくていいと何度も言ってはいるものの、当時の佐藤の態度もよくなかったので、霙にはまだわだかまりとして残っているようである。

だから今年こそ、なんの気兼ねもわだかまりもなく、霙に喜んで欲しい。

うん、と佐藤は気合いを入れる。

「あの、一つだけ……図々《ずうずう》しいお願いだとは思うんですけど、いいですか」

「なんでしょう?」

「……ここで、カクテルを作らせて頂いてもいいでしょうか」

本職のバーテンダーを目の前にして口にするのはなかなか恥ずかしかったが、思い出のカクテルなので、訊《き》くだけ訊いてみる。

赤宗は美しい形の瞳をきょとんと丸くし、そしてころころと笑った。

「ああ、『ターコイズブルー』ですね」

「えっ、ご、ご存じなんですか⁉」

去年、霙に告白するために、佐藤はバーテンダースクールに通って、カクテルの作り方を学んだ。そのスクールを紹介してくれたのが、赤宗だったのだ。色々知られていてもおかしくはない。

「ええ。去年、霙くんから聞きました」

なんだか今更気恥ずかしくなりつつも、その節はお世話になりましたと頭を下げる。

「勿論《もちろん》、作っていただいて構いませんし、お酒やグラスもうちのを使って頂いてOKです」

「えっ！　な、なんかすみません」

「どうせなら、もっと練習しましょう。ただ、週に一回だけ……定休日の前の日の閉店後になってしまうんですけど、よかったら僕がお教えしますから」

「ええ⁉　あの、す、すみませんなにからなにまで！　お言葉に甘えさせてください！」

客の入りにもよるが、ラ・ファータの閉店時間は午前一時だ。佐藤の家は近所なので、それでも全く問題はない。

「霙くんに、喜んでもらえるといいですね」

「はい！」

その日、おでんの売れ残りを持ってやってきた霙は、怪訝《けげん》な顔をして首を傾げた。

「……なんか、えらくご機嫌じゃないですか?」

「そう?　そんなことないと思うけど……仕事がひとつ終わったからかな?」

恋人の誕生日を祝う計画をする、というだけで楽しくなってしまうのだからしょうがない。

霙は納得したようなそうでないような顔をしつつも、「お仕事お疲れ様でした」と言ってくれた。

マフラーやコートを脱いで、霙はおでんを温めにキッチンへ向かう。鍋の煮えるコトコトという音がし始めたころ、キッチンから霙が「あの」と声をかけてきた。

「じゃあ暫《しばら》くはお休みなんですか、お仕事」

ビールやお膳《ぜん》の用意をしながら、佐藤は頭を振る。

「いや、普通に次のとかもあるよ。ありがたいことに」

そして霙は明日もカフェタイムからシフトが入っているので、泊まってはいかないだろう。今日はご飯を一緒に食べるだけでおあずけだ。とこっそりと残念に思う。

「来月とか、忙しいですか」

「うーん。もしかしたら、かな。外食産業ほど十二月に忙殺はされないけど、年末進行で、締め切りがいつもより早くなったりするから、中盤くらいまでは結構忙しいかもしれない」

これは本当の話で、十二月は他の月に比べて頭から中旬にかけて仕事が詰まっていることが多い。

夜に少し抜けて赤宗にカクテル作りを習うことになっているが、その時間を作るのも、この調子だとやっと、といったところだろう。

「……そうですか。頑張ってくださいね」

「ありがとう」

とにかく霙の誕生日を無事成功させるために、気は抜けない。それまでに体を壊すわけにもいかないので、気合いを入れなければ、と佐藤は心の中で決意する。

台所から霙が鍋を携《たずさ》えて戻ってきた。佐藤も腰を下ろす。

蓋《ふた》を開けると、部屋中にふわんと鰹《かつお》の出汁の香りが広がった。深夜に食事をするのが少々気になるお年頃ではあるが、おでんはローカロリーだからと自分をごまかす。

「なんか連日売れ残り持ってきちゃってすみません……」

「え？　でも俺結構屋台にも通ってたし、毎日食べても飽《あ》きないよ。じゃあ、いただきます」

「はいどうぞ」

手を合わせて、いつも通り大根を皿に移す。

霙は、白というか、灰色の大きなタネを皿に取っていた。中央に穴が開いており、歯車を引き延ばしたような形のものだ。

佐藤にはあまりなじみのない食材で、今まで一度も食べたことはないが、その存在だけは知っている。屋台でもたまに注文をする人がいた。

「それって……ちくわぶ？」

「え？　はい。嫌いですか？」

少々微妙な声音を出してしまったせいかそんな風に問い返され、首を振る。

「いや、嫌いというか……食べたことなくて」

「ええ!?」

嘘でしょ、と大仰《おおぎょう》なリアクションが返ってきて、佐藤は目を瞬いた。

「おでんにちくわぶは付き物じゃないですか」

「ああ、東京ってそうなんだっけ。ちくわぶって、地方によっては全然見ないんだよ。東京と、関東の一部のローカルフードなんだよね」

霙はますます驚いた様子で「嘘ぉ」とちくわぶと佐藤を交互に見比べる。そういえば、霙は東京生まれの東京育ち、何代も前から続く江戸っ子なのだ。

「こんなにおいしいのに……俺、めっちゃ好きですよ、ちくわぶ」

「うちは、じいちゃん以外は東京じゃないからなぁ……全然馴染みがないな。おいしい？」

「だからおいしいですって！　食べてみてくださいよ」

ほらほら、と差し出され、そもそも「ちくわぶ」の正体もよく知らないままに一口齧《かじ》ってみる。

「んん……？」

ちくわやナルト、或《ある》いは麩《ふ》のようなものを想像していたので、歯ごたえからなにから違うことについ顔を顰めてしまう。

ぶよ、というか、むちっ、というか、とにかく馴染みのない食感だ。今まで食べたものの中で表現するなら、すいとん、その塊《かたまり》だろうか。ちくわぶ、という名称ではあるものの、麩とは全く性質を異にする食べ物のようだ。

出汁の味がおいしいのでなんとか食べられるような気はするが、おいしいと感じられるかと言われると非常に微妙な味だった。

口には出さずともそう思っているのが伝わったのか、霙が憮然《ぶぜん》とする。

「このおいしさがわからないなんて……！」

「ご、ごめん」

まさかの霙のちくわぶ愛に、佐藤は苦笑する。

正直なところ、ちくわを食べればいいじゃないかと思うのだが、そういう問題でもないのだろう。

「今度また食べてみるね」

「別に無理して頂かなくても結構ですよーだ。佐藤さんがなんと言おうと、俺はちくわぶ好きなんで」

もくもくとちくわぶを咀嚼《そしゃく》しながら、霙がツンとする。

好きな人と好きな食べ物が共有できたら嬉しいし、慣れればおいしいと思えるようになるかもしれないので、今度は屋台に出向いて食べてみよう、と思いつつ、佐藤は次は焼き豆腐を口に運んだ。


今度は屋台で、などと思っていたのに、佐藤はその日以降仕事に忙殺されてそこに足を運べなくなってしまった。霙が遊びに来た翌日から、予定外の仕事が立て続けに入ってしまったのがその最たる理由だ。

殺生《せっしょう》な話である。とはいえ仕事をもらえることはありがたいので当然だが表立って文句は言えない。

そして霙も、朝から昼にかけては講習を受け、夜はおでん屋の店番、あるいはラ・ファータでのアルバイト、ともなれば、なかなか佐藤のところへ顔を出すのが難しいらしい。

気が付けば、霙とはしばらく顔を合わせていない。

「……連絡は、来てるんだけどなぁ……」

携帯電話のメッセンジャーアプリで、毎日やりとりはしている。

けれどもう何日、本物の霙の顔を見ていないだろう、声を聞いていないだろう。佐藤は携帯電話を握り締めて溜め息を吐く。

一応、週に一度はラ・ファータへ出向いているのだが、それは閉店後に、誕生日にプレゼントするカクテル作りの練習のためなので、霙に会うことはない。むしろ会ってしまったら「何故一緒に帰らず店に残るのか」と疑問を持たれるだろうし、そこをつっこまれても困るので、彼が帰宅したという赤宗からの連絡が入るまでは必ず自宅待機だ。

仕事道具であるパソコンと向かいあいながら、佐藤は呻く。

「あー……でももう限界。会いたい！」

仕事の進行状況はなかなかにまずくはあったのだが、霙不足でいい加減ストレスも溜まっている。

佐藤は財布を掴み、ブルゾンを羽織っておでん屋台が営業している駅前の駐車場まで走った。

ようやく見えた屋台に笑顔で駆け込むと、店番に立っていたのは可愛い恋人——ではなく、その祖父の辰巳であった。

「よう。録朗」

「辰巳さん……」

最近お見限りじゃねえか、と笑う男に、佐藤はがっくりと項垂《うなだ》れる。

今日は屋台ではなく、ラ・ファータの出勤日だったようだ。

失礼しましたと踵《きびす》を返そうとしたが、そんな佐藤を見咎《みとが》めた辰巳に「俺のおでんが食えねえってのか」と冗談交じりにつっこまれて、足を止めざるを得なくなる。

「冷てえやつだな。いいから飲んでいけよ」

「ええと……はい」

散々迷ったが、佐藤は諦《あきら》めて屋台の席へ座ることにした。恋人の身内の心証を悪くしたくはない。

「おう、なににする？」

黄金色《こがねいろ》の出汁の中に、綺麗に並べられたおでん種が浸《つ》かっている。出汁色に染められた食材はどれもうまそうで、だがその中から佐藤にとっては馴染みのない、今まで気にも留めてこなかった種が目に飛び込んできた。

「熱燗《あつかん》と……ちくわぶを」

辰巳は微《かす》かに目を瞠《みは》り、「珍しいな」と言った。曖昧《あいまい》に笑いながら、佐藤は差し出された皿を受け取る。

今日のそれは、先日、霙が食べていたものよりも、少し硬そうに煮られていた。もしかしたら、以前見たものは多少煮崩れしていたのかもしれない。

隣に座っていた男性が「ちくわぶうまいよな」と言い、更にその隣に座る別の男性は「俺、ちくわぶ大嫌い」と真逆のことを言った。

「……いただきます」

その二人に対してはコメントを控《ひか》えたまま、箸をつける。

数日ぶりに口にしたちくわぶは、やはり以前食べたものよりもしっかりとした食感を保っていた。どちらにしろ、まずくはないが、うまいとも言い難い。好みは人それぞれとはいえ、うむ、と唸りながら咀嚼《そしゃく》していると、辰巳が「駄目か?」と笑った。

「いえ、駄目ということでは……ただ馴染みがあんまりなくって」

「まあなぁ。練り物が高いからコストの安い類似品として作ったとか、京都の生麩を模《も》して作ったとか諸説あるらしいが、『すじ』と一緒で、関東ローカルな種だし、結構好き嫌い分かれるしな。ま、好き好《ず》きだから、無理して食うこたぁねえさ」

でも霙が好きだから、という言葉と一緒に、咀嚼したちくわぶを飲み込む。

「えー、もちもちしててうまいのに。それに、ここの屋台は出汁がうまいから、それをたっぷり吸ったちくわぶも必然的に滅茶苦茶うまいよ。このうまさがわかんないなんて人生損してるよ、兄ちゃん」

隣の男性客が、そう言いつつ、「俺も」とちくわぶを注文する。一口齧《かじ》って、芝居がかった口調でこれこれ、と笑顔になった。

それを横目で見つつ今まで黙っていた一番奥の席の女性客が「違う」と声を上げる。手酌《てじゃく》でとっくりを傾ける彼女は、酔いで頬を染めながら頭を振った。

「……ちくわぶは、ぐずぐずになるまで煮たほうが絶対おいしいと思います。おでん屋さんは商品だから形がとどまるように上手《じょうず》に煮てますけど、私はやっぱりぐずぐずのでろでろになったのが大好きです。あとすき焼きに入ってるのが好きです」

「いや、そんな形崩れるまで煮るのは駄目だって。ある程度の硬さを保ったまま、中までしっかり味が染みたのがおいしいんだよ。でも、すき焼きもうまいよね」

「――ちくわぶは邪道。ちくわが正道。異論は認めない」

喧々囂々《けんけんごうごう》、といった様子で、酔客がちくわぶ論争を繰り広げ始める。

事の発端《ほったん》だったが蚊帳《かや》の外にされてしまった佐藤は、なんとかちくわぶを食べきって、口直しに好物の大根とたまごを注文する。

それを出しながら、辰巳は「最近お見限りみてえだなあ」と先程と同じようなことを言った。

そうですねと言いかけ、それはおでん屋台の話ばかりではなく、孫息子と佐藤が会えていないことを指しているのだろうと察する。

一瞬躊躇《ちゅうちょ》したが、佐藤は「ちゃんと考えてます」と返した。

辰巳とは、屋台の店主と客という関係だけでなく、ちゃんと「霙の恋人」としての顔合わせをしているのだ。生半可《なまはんか》な気持ちで会ったつもりはないし、それは辰巳もわかってくれているだろう。

恋人として会ったのは、彼の家族の中で辰巳だけだ。だがそうして顔を合わせたとき、辰巳はむやみに反対はしなかった。大歓迎してくれた、とは言わないまでも、受け入れてくれていた様子だったのだ。

きっとそのときの気持ちを忘れてくれるなよと釘を刺すためにも、辰巳は佐藤を呼びとめたのだろう。お見限り、と言われてもしょうがないくらい会えていないが、別れるつもりもない。

「今は、仕事が忙しくて、ちょっと時間が出来てもタイミングが合わないっていうだけで……考えてますから」

「そうか。ならいいんだ」

「誕生日にはちゃんと時間も取ってます。……内緒にしててほしいんですけど、サプライズパーティ的なものだって考えてますから」

そのために、今仕事を頑張っているといっても過言ではないし、カクテル作りの練習だってしている。そこは口を噤《つぐ》んで、ただ「大丈夫です」と言えば、辰巳はほほー、と口にして首を傾げた。

「サプライズねえ。でも『サプライズ』って『アクシデント』と紙一重だから気をつけろよ！」

「ひ、ひどい……！」

はっはっは、と豪快に笑う辰巳に、佐藤はテーブルに突っ伏して撃沈《げきちん》する。

不安を煽《あお》るようなことを言うのはやめてほしい。だがそう言われればそうな気もして、途端に自信がなくなってしまう。

これくらいでへこたれる相手に孫はやらんという辰巳の牽制《けんせい》なのか、うちの孫を寂しがらせて、という意趣返しなのか、はたまたそれほど意味はなく単に揶揄《からか》っているのかよくわからないが、佐藤は折れそうになる心を奮《ふる》い立《た》たせて言い返した。

「そんなことにはなりませんから……！　多分！　多分っ！」

それに、サプライズというのはバレないのが一番だが、付き合って初めての誕生日なのだから、霙のほうも薄々感じとってくれているには違いない。だから、辰巳の言うような悲惨《ひさん》なことにはならないはずなのだ。確信はないが。

「サプライズとやらの需要が一般的にどんくらいあるかは知らねえが、それが原因で別れないように気をつけろよ！」

「なんてことを……！」

さらなる追い打ちに、佐藤は思わず半泣きである。けろりと言い放ちながらも、なかなかに辛辣《しんらつ》な科白だ。

二人のやりとりに、ちくわぶで揉めていた三人が不思議そうな顔をしている。

なんて不吉なことを言うんだ、とへこたれつつ呻いていると、辰巳は「婿《むこ》いびりだぜ」と言って笑った。

なかなか顔を合わせることもできずにいたが、十二月も半ばになってようやく霙と会うことが叶《かな》った。

たまたま霙の講習が休みになったことと、佐藤の仕事がひと段落したタイミングだったので、日中からのデートが実現したのだ。

散々辰巳に脅《おど》されていたものの、数日ぶりに会えた霙は、以前と変わらなかった。

二人でお台場《だいば》のほうまで足を運び、久しぶりのデートを満喫《まんきつ》する。

立て続けの仕事を終えたタイミングだったこともあり、佐藤にとって霙と会えることは〝ご褒美《ほうび》〟のようなものだ。とにかく嬉しくて顔が緩《ゆる》んでしまい、気持ち悪いと思われないか心配しながらも、表情を引き締めることが出来ない。

ずっと黙っていた霙だったが、流石《さすが》に我慢できなくなったのか、昼食を摂るのに対面で座ったタイミングで「なんか今日ご機嫌ですね」と切り出してきた。

ああ、やっぱりあからさまにしまりのない顔をしていたか、と反省しつつも、佐藤は笑顔のまま頷いた。

「だって、久しぶりに霙くんに会えたから」

嬉しいに決まってるよ、と告げれば、霙は目を丸くし、そして赤面した。

「ちょ……公衆の面前でなに言ってるんですか」

照れ隠しのようにカップを口に運ぶ霙に、佐藤はでれっとしてしまう。

霙はといえば、すぐに表情を曇らせてしまった。

――なんだか、今日元気ないな。霙くん。

気のせいではない。霙の様子が少しおかしい。相変わらず元気で可愛い恋人には違いないのに、今日はふとした瞬間に、物憂《ものう》げな様子を見せる。

すぐにいつも通りにはなるのだが、こうも頻繁《ひんぱん》だとやはりなにかあるのかと気にかかった。

問いかけた佐藤よりも早く、霙が「あの」と口を開く。

「ん？　なに？」

「あ……」

霙は、佐藤へ向けていた視線を躊躇うように彷徨《さまよ》わせた。

「もうすっかりクリスマスって感じですね」

いつも通り、天真爛漫な笑顔と一緒にそう言われ、佐藤も微笑む。

「そうだねー。でもそれが過ぎたらすぐお正月モードに入っちゃうから、商売やってる人たちは大変そうだなって思うなぁ」

霙の誕生日を意識しつつ返す。霙は「確かに」と笑った。

街中はどこもかしこもクリスマス一色だ。ラ・ファータも一足早くクリスマスメニューなどを始めていて、店員が忙しそうにしている。

二人が入ったカフェでは、店員が少々チープなサンタクロースの帽子や、トナカイの角を模したカチューシャをつけていて、霙がつけたら可愛いだろうなあ、と脂下がりながら佐藤はそれらを目で追う。

他の子に見とれていると思われるのも本意ではないのですぐに向かいの恋人に視線を戻すも、当の霙はカップを握った手元に視線を落としていた。

そして、ちらり、と上目使いに佐藤を見やる。

「……あの、今日」

「うん？」

「……佐藤さんちに、泊まってもいい？」

ひどく逡巡《しゅんじゅん》しつつ、恥じらって言う姿に佐藤は瞠目《どうもく》し、カップを取り落としそうになる。

反射的に勿論だと頷きそうになり、今夜はラ・ファータで赤宗にカクテル作りを教えてもらう約束をしていたことを思い出す。

定休日の前日のみ、つまり週一回だけ教えてもらっていたのだが、そろそろ霙の誕生日が迫ってきているということで、直前集中特訓を赤宗のほうから提案してくれたのだ。

だが、恋人が恥ずかしがりながらもお泊まりのおねだりをしてくれたのに、と佐藤は真顔のまま内心で身悶える。

「……ごめん、今日は、予定があって……」

それでもやはり赤宗が忙しい合間《あいま》を縫《ぬ》って厚意で申し出てくれているので、断るような不義理も出来ない。

断腸《だんちょう》の思いでなんとか断り文句を口にした佐藤だったが、霙が目に見えてしょんぼりするので非常に心が痛んだ。

やっぱりおいで！　と言いそうになる口を必死に閉じる。心なしか、己のカップを持つ手が震えた。

――うわあん、ごめん、ごめんね霙くん……！　暫く会えてないしエッチもできてないし、折角の霙くんからのお誘いなのにー！

俺も泣きたいんだよー、という身勝手なことを言えるはずもなく、とにかく穏やかに「ごめんね」と謝罪を重ねる。

霙は苦笑して、ゆるく首を振った。

「ううん。俺こそごめんなさい。急に言われたって、佐藤さんにも都合あるもんね」

そんなことないよおいで！　とまたしても口走りそうになった衝動を懸命に抑えつけ、佐藤は霙に顔を寄せる。

「……ごめんね。でも二十三日は、うちに泊まってほしいな。バイト、休みだよね？」

「え……」

顔を上げた霙の頬が、ふんわりとピンク色になる。

赤宗から、二十三日はシフトを入れない、という確約も貰《もら》っているし、辰巳も昨年とは違い誕生日に孫を働かせるようなことはしないだろう。

予定は空けてるよね、というのはなかなかに身勝手な男の科白だなと自覚はしつつも、霙の、佐藤自身に対する好意に多少の自信はあった。

赤宗から聞いた話によると、シフトは二十二、二十三日と連日の休みの希望が出ていたらしいのだが、佐藤の企画のために二十二日に出勤をお願いしてくれたそうだ。

霙のそれは、恐らく二人で過ごすために出した希望だったのだろう。

二十二日の代わりに二十四日を休みにすることで、赤宗は手を打ってくれたらしい。クリスマスイブにバイトを一人休ませる、というのは厳しいところなのだろうが、そこも赤宗の厚意に甘えた形になってしまった。

「いいんですか、泊まっても」

「霙くんがよければ」

どうかな、と重ねれば、霙は小さく頷く。その頬は、心なしか先程までよりも赤い。照れもあるのだろうが、嬉しそうにしてくれている。自分のせいで悲しそうな顔をさせてしまったので、佐藤もほっと胸を撫で下ろした。


夕方まで遊んでから自宅の最寄り駅まで戻り、その別れ際、霙が不意に抱き付いてきた。

すっかり日も落ちているとはいえ、霙が外でこんな風に接触するのは珍しい。

「ど、どうしたの？」

そう言いながらも、己《おのれ》の声が嬉しそうに上ずってしまうのがわかった。

けれど霙は無言のまま、ぎゅうぎゅうと佐藤にしがみついている。その細い体を抱き返し、

「どうしたの？」と再度問う。

黙り込んだ霙は、数秒の間のあと、ぱっと体を離した。

「……ちょっと甘えてみたくなっちゃった」

へへ、と笑いながら身を翻《ひるがえ》す恋人に、佐藤はよろめきそうになる。

——俺の恋人が可愛い。

叫びだしそうになった口を咄嗟《とっさ》に押さえた。

「じゃあ、今日はありがとうございました」

「うん、またね」

手を振って、霙がぱたぱたと走っていく。その背中を見送って、佐藤は小さく「可愛い」と

呟いた。

シェイカーを振りながら今日のデートの話をして「俺の恋人が可愛いんです」と真剣な顔で言うと、閉店後の掃除をしながら赤宗が「ごちそうさまです」と苦笑した。

他人の恋愛話など益体《やくたい》のないものだろうとは思いながらも、赤宗が聞いてくれるのでつい喋《しゃべ》ってしまう。

赤宗に指導を受けて作ったカクテルを、グラスへと注ぐ。出来上がった美しい青色の酒に、佐藤は口をつけた。

「どうです？」

「……大丈夫、だと思います」

あまり自信はなかったが答えると、赤宗もカウンターへ近づいてきてグラスを手に取った。形のいい唇でグラスの縁《ふち》に触れ、くっと傾ける。

この瞬間が一番緊張した。赤宗は常《つね》に穏やかな口調だが、駄目なときは駄目だとはっきり言ってくれる。

一口飲んで、赤宗は頷いた。

「はい。おいしいです。大丈夫そうですね」

「よかったぁ……ありがとうございます」

ほっと胸を撫で下ろし、赤宗が戻してきたグラスの中身を飲み干す。

つい先日までは、出来がまちまちで、どちらかといえば「いまいちですね」という評価のほうが多かった。自分では同じようにシェイカーを振っているつもりでも、なかなか一定の出来上がりにはならないものだ。

素人《しろうと》だから、と言ってしまえばそれまでなのだが、それでも慣れというのはある。ここにきてようやく、常に及第点《きゅうだいてん》をもらえるまでになった。

「最初のころはともかく、最近はちゃんと『混ざっている音』がしますから、大丈夫ですよ」

「それが自分ではよくわからないところなんですけど、でもほっとしました」

「立ち姿もそうですけど、前より断然様になってますし、もともと佐藤さん、器用ですよね。おうちでも練習してきてますよね？」

「自分なりに、ですけど……」

最初の頃に赤宗に受けたアドバイスの通り、自宅でも時間を作ってシェイカーを振っている。中身は酒ではなく、赤宗にもらった小豆《あずき》だ。

赤宗は器用だと言ってくれたが、実際のところはそうでもない自覚もある。ならば練習するしかない。とにかく、霙においしいものを飲んでほしい、その一心だ。

本日の練習を終え、借りた器具をやグラスを洗い、定位置へと仕舞う。それを見計らって、赤宗が当日の料理の打ち合わせをしたいとノートを携えてカウンターに腰を下ろす。

当日の仕入れによって変わるところはまた後日となるが、ある程度はメニューも決まった。

「——年齢も家柄も違うっていうのは、佐藤さんは気にならないタイプですか」

ふと、そんな風に赤宗に問われて、佐藤は目を瞠る。

その問いの意味が判然とせず、瞬時には答えられなかった。

「……それは、どういう意味で訊いてますか」

中性的な美貌は表情が読み取りづらい。適当に読み取って下手《へた》なことを言うより、素直に意図を聞いてしまったほうが早いと、佐藤は問い返した。

単に霙のことが心配で訊いているのか。

それとも、赤宗が霙に特別な好意を抱《いだ》いているのか。

佐藤は一度、赤宗にふられている。付き合っている相手がいると言っていた。はっきりと確かめたわけではないが、昨年、店の中でキスをしていた男性がその相手なのかもしれない。

もしかしたら今はもう違う相手がいるのか、あるいは——。

さまざまな考えを巡《めぐ》らせている間、赤宗が小さく目を細めた。

「変な意味じゃないですよ。誤解させてしまっていたらすみません」

「ああ、いえ」

はっきりと否定されたことで、あからさまに安堵《あんど》してしまう。

自分が霙に好かれている自信はあるが、赤宗のような美形に霙が本気で迫られたらと思うと気が気ではない。

そんな気持ちが顔に出てしまったのか、赤宗が小さく吹きだす。

「僕は、アルバイトの子や同僚のことが大事ですけど……霙くんのことは弟みたいに思ってるんです」

それもあって、佐藤に協力しているのだと赤宗が言う。

どうしてこんなにも骨を折ってくれるのかという疑問が、ここにきて解消する。佐藤に協力している、というよりは、霙のためになにかしたい、というのがその最たる動機だったようだ。

「弟、ですか」

「ええ。僕は……なんというか、その、人に凄く嫌われてしまうことが多くて」

「えっ⁉」

意外な科白に、思わず声を上げて驚いてしまう。赤宗は悲しげに、いつも遠巻きにされたり、目を見て会話をしてくれる人が少ない、と話してくれた。それはもしかしたらやっかみもあるかもしれないが、皆昔の佐藤ほどではないにせよ、緊張して話せないだけなのではないのだろうか。

だが下手なつっこみを入れると話が逸《そ》れていきそうなので、ひとまず先を話してもらうことにした。

「霙くんはそういうところが最初からなくて、すぐに心を開いてくれたんです」

「ああ、なんというか……物怖《お》じしなさそうですもんね」

「そうですね。他の子たちと比べてあからさまに贔屓《ひいき》をしている、というつもりはないんですが……僕は、霙くんには幸せになってほしくて」

ただ、そんな風に言いながらも、佐藤にそれができるのか、という好戦的な意見を持っているわけでもないらしい。

霙は家柄に恵まれていて、やはりそれだけに彼なりの辛酸《しんさん》を舐《な》めてきたこともあるだろう。だから、傷つくのはいやだなと思うのだと赤宗は言った。

「……年齢も結構離れてますし、霙くんの家と自分との経済格差に臆《おく》したことがない、と言ったら嘘になります」

なにより男同士ですし。そう言うと、赤宗は苦笑した。

結果的には受け入れてもらえたようだが、初めて「恋人」として彼の家に行ったときは本当に緊張した。

「でも、霙くんは至って普通の子ですよ」

「ええ。そうなんです」

霙は、両親や辰巳の教育方針もあるのか、金銭感覚が一般的だ。基本的に欲しいものは自分のアルバイト代で賄《まかな》っているようだし、家業が食品メーカーということもあってか、レトルト食品もよく食べている。

育ちの違いを感じる場面もあるが、それはジェネレーションギャップを感じるときとさほど差はなく、それについて霙に対して劣等感《れっとうかん》を覚えたこともなかった。

「多分、俺と付き合うなかで、今までの自分の常識と違うことがあっても、霙くんもそれほど気にしていないと思います。それに、誰かと一緒にいるって、そういうことが付き物でしょう?」

悲しませない、という保証は出来ないが、そうならないように努力はするつもりだ。

佐藤の答えに、赤宗は微笑んだ。

「すみません、余計なことを言っちゃいましたね」

「いえ。霙くんに、そこまで思ってくれる人が身近にいるっていうのは、すごくいいことだと思うので」

本心から言った言葉にのろけたつもりはなかったのだが、赤宗は「ごちそうさまです」と返してきた。

「……当日、霙くんも喜んでくれるといいですね」

「はい!」

十二月二十二日の二十三時を過ぎたころ、佐藤はサプライズの準備をするべくラ・ファータの裏口から店の中へと入った。

赤宗の手引きで、霙が丁度ホールに出ているタイミングを見計らい、キッチンを抜けて奥の個室へと移動する。リザーブと書かれた席札がテーブルの上に置いてあり、グラスなど、ある程度のお膳立ては済まされていた。

クリスマスが近いこともあり、店内は平常時のバータイムよりも忙しそうだ。忘年会などとも重なっていることから、ラ・ファータは満席に近い。改めて、この時期にコースの予約に融通をきかせてくれたり、クリスマスイブに店員を一人休ませてくれる赤宗に感謝の気持ちを覚えた。

誕生日プレゼントを入れた袋をテーブルの下に隠す。中身は、以前霙が欲しがっていた財布だ。高くて買えないと言っていたが、社会人にとっては高価すぎるというほどではなく、まだ買った様子もなかったのでプレゼントすることにした。喜んでもらえるといいな、と佐藤は口元を緩ませる。霙が来てからの手順をああでもないこうでもないとシミュレーションしていると、外側から「佐藤さん」と声をかけられた。

——あれ？　もう⁉

まだ十二時前なのに、と慌てる佐藤をよそに、そっと戸が開かれる。顔を出したのは赤宗だ。

彼は佐藤の顔を見て、ひらひらと手を振る。

「あ、まだです大丈夫です」

「よ、よかった」

ほっと一息吐くと、すみません、と小声で言いながら赤宗は後ろ手に戸を閉めた。

「霙くんは今ホールで大忙しなので、こちらには来ないし準備してることにも気が付いてないと思います」

「ありがとうございます」

「今のうちに、お食事運んじゃいますね」

しー、と唇に人差し指を当てて、赤宗がいたずらっぽく笑う。本当はコースの流れで出てくるであろう前菜や、魚介のマリネやローストビーフなど冷める心配のない料理が運ばれてくる。

六人でも座れそうなテーブルの上に沢山並べられた料理は圧巻《あっかん》で、佐藤はぼんやりと見とれてしまった。

ちょっと不恰好《ぶかっこう》ではあるんですが、と言いながら赤宗が指を差したのは個室の隅にあった冷凍庫で、そこに氷や酒、グラスが入っているらしい。普段は置いていないらしく、今日は特別に設置したのだと聞いて頭が下がる。

「ケーキはそこに入れておいてもいいんですが……どうしましょうか？　運んで来たらお邪魔ですよね？」

「いえ！　そんなことはないです、ありがとうございます」

店の中で店員を「お邪魔」だと思うようなことまでする予定はない。ぶんぶんと首を振ると、赤宗は頷いた。

「わかりました。うちはお客様のお誕生日の際は途中で運んで来るんですけど、今日は最初の登場のときに、佐藤さんから霙くんへ渡しましょうか。そのあとは、すぐに食べないなら一時的に冷凍庫に入れておいて頂く感じで」

「はい、それで大丈夫です。……今日はよろしくお願いします」

「こちらこそ。準備が出来たら、店の者が呼びに来ます。特訓の成果、見せてあげましょう！」

ファイト、と赤宗が手を振って出ていく。

本当に、赤宗には随分《ずいぶん》と長期で手伝ってもらったな、としみじみとしてしまった。

腕時計で時間を確認すると、二十三時五十七分を回るところだ。霙の誕生日まであと三分。たったそれだけの時間なのだが、ひどく長く感じられてしまい、佐藤はそわそわと個室の中を歩き回る。

相変わらず店の中に変わりはなく、いまかいまかと落ち着かないのは自分だけのようだ。

――なんだか緊張してきた。

思い返せば、今まで何人かとお付き合い自体はしてきたが、サプライズパーティを計画したのは初めてのことかもしれない。

霙は喜んでくれるだろうか、と胸が落ち着かない。まだかなあ、と何度も戸の隙間から店内を覗いて確認しているうちに、午前零時を回った。

静かにかかっていた曲が止まり、俄《にわ》かに客席がざわめく。とは言うものの、流れから言えばよくある「お祝い」だ、というのは薄々わかっているようで、「誕生日？　記念日？」と言う声も聞こえてきた。

緊張が高まってきて固まっていると、不意に戸が開いて声を上げそうになる。いつもはカフェタイムスタッフである牧田が「どうぞ」と案内してくれた。どきどきしながらキッチンに通された佐藤は、用意してあったケーキの皿を渡される。

ガラスの皿の上に盛られたケーキには、綺麗な装飾が施《ほどこ》されていた。〝Happy Birthday〟の文字がラズベリー色のソースで記されている。

ホールにいる霙はこちらには気づいていないようで、だが、今日は客へのお祝いがあるとは当然聞いていないため、少々困惑気味の様子だ。

「皆様、お騒がせして申し訳ありません。実は今日、当店に誕生日のスタッフがおりまして」

そう話し出した赤宗に、霙が「えっ」と声を上げた。一部の客が「スタッフかい！」と笑いながらつっこみを入れている。

どうぞ、と牧田に背を押されて、佐藤はケーキを運んで霙に近づいた。

「誕生日おめでとう、霙くん」

声をかけた佐藤に、霙は心底驚いた様子で目をまんまるく見開いた。

「え？　佐藤さん……え？　嘘、なんでうちの店で⁉」

「来ちゃった」

てへ、と首を傾げて笑うのと同時に、赤宗をはじめとしたスタッフが「ハッピーバースデー」と歌い始める。店の中に残っていた客も一緒に歌ってくれ、「お誕生日おめでとー！」と声を上げてくれた。

まだ事態が飲み込めていないらしい霙は、ひたすらぽかんとしている。

呆然《ぼうぜん》としている霙も、大変に可愛らしい。サプライズは無事成功し、佐藤は安堵とともに浮かれてしまう。

「というわけで、今日はもう上がっていいよ、霙くん」

「え、あの、赤宗さん？」

でも、と躊躇《ちゅうちょ》する霙の背を、他のスタッフも押す。佐藤と一緒に奥の個室へと誘導されながら、霙は大きな声で「お先に失礼します！」と頭を下げた。

拍手で見送られ、佐藤と霙は個室へと移動する。

——よかったー。成功。

あとはプレゼントを渡して、カクテルを作って、とうきうきしながらケーキをテーブルに置き、佐藤は振り返る——と、霙は何故か浮かない顔をしていた。

唇を引き結び、俯《うつむ》きがちの顔はどこか蒼い。

「み、霙く……？」

どうしたの、と声をかけるより早く、霙の大きな目からぼろぼろと涙が零れた。

「霙くん⁉」

それは明らかに、嬉しいとか感激してくれたとか、そういう類《たぐい》のものとは違っているように見えて、佐藤は激しく動揺しつつ霙に駆け寄った。

「どうしたの霙くん⁉　なんか嫌だった⁉」

「うー……」

サプライズは紙一重でアクシデント——そんな風に言った辰巳の言葉が蘇《よみがえ》り、佐藤は狼狽《ろうばい》する。霙は頭を振り、けれど泣き止んではくれない。

佐藤はジャケットのポケットから慌ててハンカチを取り出し、霙の目元に押し当てる。ひく、ひく、と霙はしゃくりあげはじめた。

「ごめん、ごめんね？　あの、ごめんね」

もはや他に言いようはなく、けれど泣かせているのは間違いなく自分なので、とにかく佐藤は霙の涙を拭《ぬぐ》いながら謝り倒した。

泣き止まない霙をひとまず座らせ、その横に腰を下ろす。抱きしめて頭を撫でると、「うー」と唸りながら、霙がしがみついてきた。

逃げたりはしなかったので、嫌われたわけではないのだと安堵しながらも、どうしてこんな風に泣かれるのかわからず、おろおろとしてしまう。

「霙くん、どうして泣くの？」

ぐすぐすと洟《はな》をすすりながら、霙が真っ赤な顔を上げた。

「……だって、最近、佐藤さんに……避けられてたのかなって思ってて」

「え⁉　避けてなんてないよ？」

仕事が忙しく、霙もアルバイトや講習を受けていたのであまり会えない中でも、デートはしたし、毎日なにかしらのやりとりはしていた。

佐藤はそれが現状、霙と接することのできる限界だとわかっていたので諦めていたが、霙は違ったらしい。意外と恋人に求められていた事実に驚きながらも、今は呑気《のんき》に喜んでいる場合ではない。

「でも、都合が付かなかったじゃない？　お互いに」

スケジュールをすり合わせ、それでも無理だというのは霙もわかっていたはずだ。だからこそ佐藤ももどかしく思っていたわけで、と説明しかけたところで、霙の泣き顔を見て口を噤《つぐ》む。

「……でも、泊まりたいって言ったら断られたし……結構、勇気出して言ったのに」

「だ、だからそれは」

「……仕事だって言うから諦めてたのに、赤宗さんと会ってたの知ってるもん」

霙の科白に、ぎくりとしてしまう。

密着しているせいでその動揺が伝わったのか、霙は顔を上げてさらに目を潤《うる》ませた。

「ちが、違うよ！　それはだから……その」

――ああもう、これ、この期《ご》に及んで「サプライズ」とか言ってる場合じゃない！

ちょっと待って、と前置きして、佐藤は霙から離れて個室の隅に置かれた冷凍庫を開ける。

そこに並んだリキュールとグラス、シェイカーを指で示してみせる。

「霙くんに『ターコイズブルー』、おいしいの飲ませたくて、特訓してたの！」

「え……」

「赤宗さんが、霙くんのためならって協力してくれて、それで内緒でお店で練習させてもらってたんだよ。別に赤宗さんとなにかあるとか、そういうんじゃないから、それは絶対誤解だから！」

必死に言いつのる佐藤に、霙がぽかんと口を開く。

納得してくれただろうかどうだろうかと冷凍庫を閉めつつ窺うと、霙は一度は引っ込めていた涙をもう一度零し始めた。

「……もーやだ、うざい」

「うざい⁉　ごめんね⁉」

ですよね！　と、もはや霙の言うことならばなんでも飲み込んでしまって頷く佐藤に、霙は泣きながら首を振る。

「佐藤さんがじゃなくて、俺がうざいー！　佐藤さんと赤宗さん疑ったりとか、最悪じゃん馬鹿じゃん、でもなんで内緒にしたのとか思うし、でもそれってサプライズしようとしてくれたからってのはわかるし、でも納得できないし！」

「いや、霙くんの言うこともわかるよ！」

やはり、辰巳の言うことは正しかった。

慣れないサプライズをしたばかりに、霙を泣かせてしまったのは間違いない。やるなら完全にばれないようにするか、もしくはバレバレになるようにするべきだったのだ。詰めの甘さを今更後悔してもしようのないことなのだが。

霙も薄々気づいているのでは、と思ったがとんだ誤算だった。「恋人の誕生日」に佐藤がなにもしないなんてことはないし、なにか用意しているだろうと期待してくれているはず、と思っていたのだ。迂闊《うかつ》だったと反省する。

「……俺、もしかしたら佐藤さんに別れようって言われるんじゃないかって」

とんでもない誤解を、佐藤は瞬時に否定した。

「そんなつもり全然ないよ！　こんなに霙くんのこと好きなのにそれはないよ！」

「忙しそうだし、誕生日に会えなくてもしょうがないかなって思ってたけど、でも、佐藤さんってマメな人だし……でも誕生日近くなってもなにも言ってくれないし」

ぐしぐしと目元を擦《こす》って泣きながら、霙は大きく息を吐く。

「……この間俺がちくわぶ好きって言ったから嫌われたかと」

「そんなことで嫌いにならないよ!?」

「だって佐藤さんが好きじゃなさそうなことにむっとしちゃったし、それに食の違いが仲違いになるって聞くし……」

「ちくわが好きかちくわぶが好きか程度ではならないよ!?」

まさかの発言に、佐藤は目を剝《む》く。

言い争ったという覚えもないほど些末《さまつ》なことを気にかけていたらしく、佐藤ははっきりと否定する。霙は多少疑いを残しながらも納得してくれたようで、「わかった」と頷いた。

ちくわぶで破局など、たまったものではない。しかしますますちくわぶに苦手意識を持ちそうだと、内心で溜息を吐いた。

涙で腫《は》れたまぶたを拭《ぬぐ》い、佐藤は恋人の頰にキスをする。

「せっかくの誕生日なのに、泣かせてごめんね。……お誕生日おめでとう」

好きだよ、と言いながらもう一度キスをすると、霙を再び泣かせてしまう。わんわんと泣いていた霙だったが、誤解だよ、ごめんね、と辛抱《しんぼう》強く繰り返していたら、きちんと納得してくれたらしく、泣き止《や》んで顔をあげた。

泣きはらした目をした霙は、すん、と鼻を鳴らす。

「霙くん……？」

「――ほっとしたらおなか減った」

子供のような物言いにおかしくなりながらも、「じゃあ食べようか」と、佐藤は霙の隣を離れて対面に座った。霙のために用意してもらった料理だ。赤宗にも頼んで、霙の好きなものを揃《そろ》えている。

霙は頂きます、と手を合わせ、フォークを手に取った。

「おいしいー……」

前菜の一つであるトコブシのジェノベーゼを口に運び、幸せそうな顔を作る。赤宗から、最近まかない料理で霙が一番好きだと言っていたという情報を得ていた一品だ。

それから、おいしいおいしいと言いながら料理を食べる霙に、胸を撫で下ろす。すっかりと機嫌を直してくれたようだ。

振り回されているなあと思いながらも、やはり笑ってくれているほうが嬉しい。泣いている霙も可愛いが、笑顔が一番愛らしいのだ。

序盤《じょばん》にごたついてしまったものの、仕切り直した誕生日祝いは概《おおむ》ね成功と言えるもので、プレゼントも、カクテルも、霙はとても喜んでくれた。だがやはり、最初からなんの心配もなく祝ってあげられればよかったのに、とも思う。

来年、そしてその次、そのまた次の霙の誕生日は、きっともっといい日にしてあげよう、と思いながら、佐藤は料理を嚙みしめる。

温かい料理を運んできてくれた赤宗が、明らかに泣いた霙の顔を見て若干《じゃっかん》笑顔で睨《にら》みを利かせてきたので、あとでちゃんと申し開きをしようと身を震わせた。


閉店時間よりも長く居座ってしまった店を出て、先日した約束通り、霙は佐藤の家に来てくれた。

先に霙に風呂に入ってもらい、佐藤も入れ違いにシャワーを浴びる。佐藤がTシャツと下着だけを身に着けて部屋に行くと、裸のままベッドの上で胡坐《あぐら》をかいていた。

佐藤の家には霙の着替えが既に置いてあり、脱衣所にあるキャビネットの三段目は彼のものとなっている。いつもならばそこにしまわれた着替えを身に纏《まと》っているはずの霙が、なにも着用せずにいるもので、つい凝視《ぎょうし》してしまう。

思わずその裸体を視覚で堪能してしまったが、慌てて駆け寄り、毛布を肩にかけた。

「霙くん！　風邪引いちゃうよ？」

「エアコンつけてるから大丈夫だもん」

霙は毛布を払いのけ、それより、と言って佐藤の手を引いた。ん、と顔を上げて目を瞑った霙に、佐藤は誘われるままに唇を重ねる。

柔らかな唇を軽く食《は》み、すぐに顔を離した。

「……じゃなくて、寒くないのって話でしょ」

つい乗ってしまっておいて説教をしても説得力などないが、ひんやりとした滑《なめ》らかな肌を撫でて眉根を寄せる。霙は「寒くないですよ」と笑いながら、佐藤をベッドに引っ張り込んだ。体勢を崩しながらも、佐藤はベッドに腰を下ろす。

霙はすかさず、その膝の上に対面に乗り上げてきた。佐藤の首に腕を回し、いたずらっぽく笑う。

つい赤面してしまい、佐藤は緩みそうになる口元を押さえて息を吐いた。

「霙くん……あのね」

「……しないの？　するよね？」

子供っぽい口調で誘われて、佐藤はごくんと唾《つば》を飲み込んだ。

霙は微笑み、佐藤の身に着けていたTシャツを脱がせる。そして、サイドボードに用意していたローションのボトルを手に取り、首を傾げた。

ここで乗らない理由もなく、細い腰を抱き寄せる。

「んん、っ」

食らいつくようにキスをしながら、霙の手に握られたボトルを奪う。だがすぐにまた、霙がそれを取り返した。

ここに来て焦《じ》らされるのだろうかと思っていると、霙はキスに応《こた》えながら、ローションを自分の掌に取り出す。ふんわりと甘い香りが広がった。

霙の掌で弄《もてあそ》ばれるローションが、粘《ねば》ついた音を立てている。軽く握るような動作を繰り返しながら、霙はそれを自分の後ろへと持っていった。

「ん……」

まさか、と思う間もなく、霙が自分の後ろを解《ほぐ》しはじめる。

思わず唇を離して恋人の顔を見下ろしてしまった。恥ずかしそうに息を震わせながら、自らの体を慰《なぐさ》める姿に、しばし見入ってしまう。

初めて霙を抱いてから、いつも佐藤主体で抱き合ってきた。自分ばかりが一方的に求めているわけではないにせよ、経験も浅く、それ故《ゆえ》に恥じらう霙が、積極的に応《こた》えてくれることは滅《めっ》多《た》にない。

まして、こんな風にあられもない姿を見せてくれることは、初めてだ。

――ええと……今日、俺の誕生日だっけ……？

一体なんのプレゼントだろうと混乱しながらも、佐藤はしばらくの間、腕の中の恋人の可愛らしい痴態《ちたい》を食い入るように見つめた。

だがそのうちに痺《しび》れを切らしてしまい、霙の腰を支えていた掌をずらし、佐藤は彼の中に指を差しこんだ。

「ひゃ……っ！」

不意に指を入れられた霙は、目を見開き、びくんと背を逸らす。

割と強引に指を増やしてしまったが、柔らかく綻《ほころ》んでいたそこは、無理なく佐藤の指を飲み込んでくれた。

ローションの音を立てながら掻きまわすと、霙の腰が逃げるように浮く。

「や、佐藤さん、待って、まだ」

「大丈夫。上手《じょうず》にできてるよ」

逃げる尻を追い、もう一本、指を増やす。咄嗟《とっさ》に霙が自分の指を抜いてしまったので、佐藤は遠慮《えんりょ》なくさらにもう一本指を差しこんだ。

「やぁ……っ、待って」

首にしがみついて震える霙の中を、ゆっくりと掻きまわす。先程までより深く指を入れ、敏感な部分を柔らかく擦《こす》ってやった。

ひ、と息を飲む気配がする。

「待って、佐藤さん」

「ん？　痛い？　……痛くないよね？」

霙の耳元で低く囁く。自分でもわかるくらい、声に興奮が滲《にじ》んでいた。腕の中の痩軀《そうく》がぞくぞくと震え、弱々しく頭を振る。

「そう、じゃなくて……」

うん？　と優しく促《うなが》すと、霙は浅く息を吐く。

「霙く——、ッ!?」

霙は、既に兆《きざ》しはじめていた佐藤のものを、下着の上から掌で包む。おずおずと握りながら、佐藤の目を覗き込んだ。

「……今日は、俺が頑張ります、から……っ」

「——」

どくん、と下半身に熱が集中する。一気に硬度が増したのが伝わったのか、霙は一瞬、驚いたように手を引いた。けれどすぐに愛撫をしようと触れてくる。

そのまま押し倒して滅茶苦茶にしたい衝動に駆られながらも、いつもは完全に受け身な霙が、積極的にしてくれるという選択肢《し》をみすみす捨てることもできない。

情けなく息が荒くなるが、霙はそんな様子に気づくことなく、佐藤のものを撫でながら再び

己の後ろへと手を伸ばした。

その細い手首を掴み、阻《はば》んだ佐藤に、霙は戸惑ったように顔を上げた。

「そっちは俺がするから、霙くんはこっち、してくれる？」

「え……」

言いながら、既に立ち上がっていた霙のものに手を導いてやる。霙は顔を真っ赤にしたが小さく頷き、一旦《いったん》膝の上から下りる。

霙は佐藤の服を全て脱がせてから再度膝に乗ると、両手で互いのものを包んだ。

「ん、っ……ん」

最初はぎこちなく動いていた手が、次第に慣れてきた様子で動き始める。

普段こんな風に自分を慰《なぐさ》めているのだろうか、と想像しながら、佐藤は霙の体を愛撫した。

後ろと前から同時に快感を得て、霙の体が徐々に追い詰められていくのが、まさに手に取るようにわかってしまう。恥ずかしそうにしながらなんとか堪《こら》えようとする霙に悪戯心《いたずらごころ》が湧き、佐藤は彼の中にある一番弱い部分を指で引っ掻いた。

「うあっ！」

がくんと体が大きく揺れ、霙は佐藤の指を強く締め付ける。それと同時に、彼の掌の中にあった性器が勢いよく熱を吐き出した。

佐藤はベッドの上に霙の体を押し倒し、震える彼のものを、搾《しぼ》り取《と》るように扱《しご》き上《あ》げる。

「やだっ……、やぁ……」

雲は恥じらいながら首を振り、けれど佐藤の手を拒《こば》むことはない。上に覆《おお》いかぶさって唇を重ねると、息を震わせながら必死に応えてくれた。

舌を絡めながら、しっとりと汗ばんだ柔らかな太腿《ふともも》を撫でる。そのまま脚を開かせて、先程まで散々弄《いじ》っていた場所を指で広げた。そこに、恋人からの愛撫で先程までよりも硬くなったものを押し当てる。

「あ、ぁ……っ！」

「……っ」

吸い込むように、雲の体は佐藤のものを飲み込んでいく。持っていかれそうになり、佐藤は思わず息を詰めた。

咄嗟《とっさ》に引いた腰に、雲の足が絡む。無意識なのか、追《お》い縋《すが》るように腰を押し当ててくる雲に、佐藤はごくんと喉を鳴らした。迷いながら、一度は引いた己のものを、一気に押し込む。

「ひぁっ……！」

がくんと背を逸らし、細い体が小刻みに痙攣《けいれん》する。射精はしていないようだが、軽く絶頂を迎えたらしい体は、佐藤のものを根元から締め付けた。

ぱちんと目の前で火花が弾《はじ》ける。

「つく」

啜《すす》るように動く熱い内壁に、佐藤はたまらずに息を飲む。少し出してしまったかもしれないと、内心で歯嚙みした。

まだこの体を味わっていたい。終わらせるのが、勿体《もったい》ない。細い体を抱《かか》え直《なお》すと、霙が可愛らしい声を上げて泣いた。幼さの残る顔に、淫らな色が滲む。

「霙、くん……」

眩暈《めまい》がするような快感を、ゆっくりと腰を動かすことで堪能《たんのう》する。

「あっ、……あっ、あ」

胸を喘《あえ》がせながら、霙が断続的に体を強張《こわば》らせた。その度《たび》に、きゅうきゅうと佐藤のものを締め付けてくる。

奥まで嵌《は》めて、とん、と更に深くまで突いた瞬間に、霙は小さく体を丸めて声もなく果てた。根本から波打つように性器を締めあげられ、佐藤も一瞬遅れて達する。霙はがくがくと体を震わせて、譫言《うわごと》のように「熱い」と何度も繰り返して泣いた。

——気持ちいい。

腰が蕩《とろ》け、目が眩む。折れそうなくらいに細い体を両腕に抱いて、貪《むさぼ》るように出し入れを繰り返した。達している只中《ただなか》に、恋人の内壁に包まれたまま抜き差しするのがたまらなくいいのだ。

背中に爪を立てられるのがわかったが、それすらも刺激になって止められなかった。

「——っ……」

残滓《ざんし》を吐き出し終えて、息を吐く。ようやく上体を起こすと、霙がシーツの上でぐったりとしていた。

涙で熱を持った目尻にキスを落とす。

霙はぼんやりとしたまま、両手を伸ばした。身を屈《かが》めた佐藤がキスをすると、胸を押し返される。離れろという意味かと思い体を離そうとしたが、どうやらそうではないらしく、霙の腕が首元に回された。

「……抱っこして、ください」

少し嗄《しゃが》れた声での要求に、佐藤はだらしなく笑んでしまう。よしきた、と抜かないままベッドの上で身を起こし、対面座位の形になった。

深く佐藤を受け入れる状態になり、霙が呻く。

「大丈……、っわぁっ」

顔を覗き込もうとしたら、そのまま仰向《あおむ》けに押し倒された。腰を抱いていたせいで霙も佐藤の胸の上に倒れこんだが、すぐに身を起こす。

「み、霙くん？」

「……言ったでしょ。今日は俺がするって」

「え？　え？　……わ、ぁ」

霙は佐藤の腰に手を置き、ゆっくりと腰を上下に動かしはじめる。達したばかりだが、恋人からの初めての奉仕に、佐藤の性器は一瞬で硬度を取り戻した。

ベッドの軋《きし》む音と一緒に、霙の小さな喘《あえ》ぎが漏れる。

霙の誕生日なのだから、こちらが尽くすものなのでは、と思いながらも、一生懸命な姿に興奮せざるを得ない。そして、一度達してこなれた霙の中は、ぬぷぬぷと音を立ててうまそうに佐藤を食んだ。

油断していると本当に持っていかれてしまいそうで、佐藤は唇を噛んで堪える。

「あ、っあ……、ぅん、さとぉ、さん」

「ん……?」

「きもち、いい?」

ごくんと生唾《なまつば》を飲み込んで、己の上で乱れる恋人の、濡れそぼった性器を掴む。眉を寄せて、霙が息を吐いた。

「っ……」

「いいよ。すごく……気持ちいい」

「ほんと……?」

よかった、と笑う顔の幼さに、ひどくいけないことをしているような気分になる。

だが、いやらしいことをしているのは彼自身で、表情とは裏腹に年齢も中身もそう幼くはなくて。

ちらりと覗いた赤い舌が、唇を舐《な》める。その仕草がひどく色っぽくて、息を飲んだ。

それを合図に霙の動きが早まり、佐藤は顔を顰める。

「っ、霙くん、待って……」

「佐藤さん、佐藤さん……っ」

「中、すごい、……っく」

このままじゃ先に、と思うのに、がんがんと激しい動きで腰を振る恋人の媚態《びたい》に煽《あお》られ、佐藤はあっけなく達してしまった。目の前が真っ白になり、つい強く霙の体を突き上げてしまう。

「あ、ぁ！」

しなやかな体を仰《の》け反《ぞ》らせ、霙も達する。彼の精液が腹を汚す感覚に、佐藤も身を震わせた。

佐藤は霙の体を抱き寄せ、深く口づける。いつもなら拙《つたな》い様子で応えてくれる霙の舌は力なく、だがお構いなしに絡め取った。

そうしているうちにようやく熱が引いてきた佐藤は、霙の顔を覗き込む。

「霙くん……？」

飛んではいないようだが、殆ど落ちかけている。おーい、と声をかけるも、佐藤の胸に顔を埋めてしまった。

「霙くーん？」

項《うなじ》を撫でてもう一度呼んでも、応答することもないまま、霙はかくんと意識を失った。


「――ひとつ大人になったから?」

復唱した佐藤に、霙は朝食のパンを齧りながら、そう、と頷いた。

翌朝、再びの誕生日おめでとうを言った後、結局昨晩異様に積極的だった理由はなんなのかと質問をすると、そんな答えが返ってきた。

どう反応すればいいのかもわからず、佐藤は微妙な表情にならざるを得ない。

だが霙は佐藤の反応は特に気にならないようで、ごくごくと牛乳を飲んでいる。

「いや。いやいやいや……ええと? それってどういう」

なおも食い下がった佐藤に、霙は眉を顰めた。

「んー……だからね、そもそも佐藤さんって『オトナ』が好きでしょ?」

大人というのは、単純に成人している、ということではないのだろう。そういう意味合いを含んだ科白なのはわかったが、意図はわからないままだ。

「だから、赤宗さんみたいな」

「いや、俺は今、霙くんが好きだよ？」

まさかまだ誤解を引きずっているのかと瞬時に否定すると、霙は首を捻《ひね》った。

「ええと、そういうことじゃなくて……そこはもう誤解はしてないんだけど」

「……じゃあ今のってどういう意味？」

事と次第によっては今から体にわからせるのもやぶさかではないと、少々凶暴な気分になって質《ただ》す。霙は己の危機に気づかないようで、だからね、と穏やかに口を開いた。

「だって、赤宗さんのときはあんなに緊張してたのに、俺には全然じゃない？」

「……ん？」

「俺のこと好きでいてくれるのはわかるけど、赤宗さんのときとすごくテンション違うよね？」

思わぬつっこみに、佐藤はフォークを取り落とした。

「そ、それは……片思いと両想いじゃ違うっていうか……」

「そう？　その割に、俺のこと好きになってくれたときも、あんな風にうろたえたりとか、緊張したりとか、そういうの一切ないよね？」

霙は、怒っているわけではないらしい。だからこそ余計に狼狽して、佐藤は首を振る。

「好きの度合が、俺より赤宗さんの時のほうが大きいのかなって」

「それはない！　誤解だよ霙くん！」

「そうじゃなかったとして、赤宗さんは綺麗だから緊張してたのかなあ、とか。そしたら俺が不細工ってことかなとか悩んだりして」

「霙くんは可愛いよ⁉」

「ありがと。あばたもえくぼ？」

「誤解だよ！」

普段はそんなことないのに、何故そんなにネガティブなのかと、佐藤はおろおろしてしまう。ネガティブというよりは、彼なりに冷静に状況を判断しているのだろうが、誤解だ。そして、自分の言い訳がなんだかおためごかしのように聞こえている気がしてますます焦《あせ》る。

確かに、赤宗は美人だ。中性的な美貌《びぼう》の持ち主で、そんじょそこらの男女では太刀《たち》打《う》ち出来ないほどである。

だが、霙だって、恋人の欲目を取っ払っても相当可愛い顔だちだ。所謂《いわゆる》アイドル的な容姿をしていて、まさかそんな不安を抱いているなど、露《つゆ》ほどにも思っていなかった。

己の態度が誤解をさせていたのだと反省しながら、恋人相手に緊張するのはどうなのかという葛藤もある。

「だからね、赤宗さんみたいに美人になることは整形でもしないと無理なわけだし、じゃあせめて大人になろうかなって」

昨晩、佐藤がシャワーを浴びている間、何故か霙はそういう結論に達してしまったらしい。どうしてそうなったんだ、と佐藤は頭を振る。

「霙くん、だからそれは――」

「まずはベッドから」

そんな風に言った霙に、何故まずそこからなのかと佐藤はおおいに困惑した。

だが昨晩の積極的な恋人を思い返してしまい、朝食の席だというのに脂下がってしまう。

誤解だと言わなければいけない。霙が主導で睦み合うのも捨てがたい。そんな狭間《はざま》で揺れ、答えに詰まってしまった佐藤をよそに、霙は腰を上げ、テーブルの対面から、キスをしかけてきた。

「――」

「俺、佐藤さん好みになれるように頑張るね」

「あ、あのね……――」

君はそのままでいいんだよ、と言おうか、ベッドで積極的なのは大歓迎なので黙っていようか――。

真剣に悩んでしまい、佐藤は頭を抱えた。

あとがき

AFTERWORD

—栗城 偲—

はじめまして、こんにちは。みなさん、おでんの種はなにが好きですか？　おでんで絶対外せないのは、大根、こんにゃく、白滝。次いで、がんもどき、厚揚《あ》げ、ロールキャベツな栗城《くりき》偲《しのぶ》と申します。入ってると嬉しいのは蛸《たこ》、つぶ貝です。
この度《たび》は拙作《せっさく》『恋に語るに落ちてゆく』をお手にとっていただきましてありがとうございました。楽しんでいただけましたら幸いです。

この本が出る頃は、おでんの季節真っ只中《ただなか》ですね。おでんは意外と地域色が出るようなのですが、私は東日本以外のおでんは食べたことがないのです。いずれ食べてみたいです。ところでおでんのじゃがいもは、調べてみたらどちらかといえば北海道・東北の種だそうです。知らなかった。関東で初めて見たので、関東のものだとばかり……。
子供の頃、父の好物であり、入れると旨味《うまみ》が出て美味《おい》しくなるから、という理由で、我が家のおでんは大根・こんにゃく・昆布・凍《し》み豆腐（薄い高野豆腐のようなもの）の他は全て大量の練り物類で構成されていました。練り物と他の種の割合が一対一という……おかげですっかり「おでんの練り物」が苦手になりました。

そして、作中に出てくる「ちくわぶ」ですが、東北ではあまり見るものではなかったので、大人になってから初めて食べた食材です。友人に話を聞くまで、ちくわぶは麩《ふ》だと思っていたくらいの認識。なにかくだらないことで言いあう二人を書こうと思い、おでんといえばちくわぶ論争だよなぁという独断と偏見《へんけん》に基づいて、ちくわぶを取り上げてみました。みなさんは、ちくわぶはお好きでしょうか。

おでんばかりでもなんなので、カクテルの話ですが、佐藤《さとう》の作った「ターコイズブルー」というのは、トム・クルーズ主演の映画「カクテル」のオリジナルで、公式のレシピはなかったと思います。カクテルブックでもレシピはあまり載っていません。明確に決められたレシピはないものの、バーで注文するとちゃんと作ってもらえます。とても綺麗な色のカクテルなので、機会があれば是非《ぜひ》飲んでみてください。ただ「夏！」って感じの味わいなので、冬に屋台で飲む感じではないとは思います（笑）。

イラストは雑誌掲載時に引き続き、樹要《いつきかなめ》先生に描いていただくことができました。霙《みぞれ》のお顔が大変可愛《かわい》らしく……！　ちょっと猫っぽい構いたくなるような雰囲気《ふんいき》が素敵です。お帽子《ぼうし》がよくお似合いで！

そして攻の佐藤のほうは優しげな犬っぽい雰囲気で、微笑《ほほえ》んでいるイラスト見るとこちらも頬が緩《ゆる》んじゃいます。この佐藤の笑顔を拝見して「実は腹黒ドSだった」とかいう設定でもよかったかなって、ちらりと思いました。

二人が一緒にいると、大型わんことにゃんこがじゃれているようで可愛いのです。

そして私は樹先生の描かれる美人さんの顔が本当に本当に大好きで、赤宗《あかむね》を描いていただけて大変嬉しかったです……（私がそういうことを言ったから担当さんが指定してくださったのかもしれないですが……）。ああ美しい。国が傾きそうな美しさ。

樹先生、お忙しいところありがとうございました！


いつもお世話になっております担当様。度々のアクシデントに見舞われつつも、無事本が出せそうで安堵《あんど》しております。どうもこの話は、雑誌掲載分のころからなにかが起きますね。はは……。そんな話をしていたさなか、出したメールが届いてないという事態に。なんてタイムリー（？）な……。

今後ともよろしくお願いいたします。


最後になりましたが、この本をお手にとっていた皆様に、心より御礼申し上げます。ありがとうございました。

またどこかでお目にかかれたら嬉しいです。

そしてこのあとがきの後に、ちょっとした小話が載っております。一話目の直後、霙のおじいちゃん視点です。どうかそちらもお読みいただければ幸いです。

栗城　偲

おじいちゃんの婿《むこ》いびり

齢《よわい》も七十を越えれば、様々な体験もしてきているし、ある程度の修羅場《しゅらば》はくぐってきているし、人には言えぬことの二、三もある。

今更、ちょっとやそっとのことでは動じないであろう――と自己分析をしていた蜷川辰巳《にながわたつみ》は、今現在、末の孫に驚かされている只中《ただなか》であった。

末の孫・蜷川霙《みぞれ》は、外孫も併《あわ》せれば数多くいる血縁の中で、少々出来の悪い子ではある。だが、学校の成績がよろしくなかっただけで物覚えが悪くはなく、生真面目《きまじめ》揃《ぞろ》いの一族の中では一番辰巳に性格が似ており、柔軟《じゅうなん》な思考を持ち、顔の造りは祖父母両親のいいとこどりでとびきりよろしい。

一言で言ってしまえば、出来の悪い子ほど可愛《かわい》い、を体現している孫息子である。

とはいえ、彼に困らせられてきたことというのは殆《ほと》どない。祖父という可愛がるばかりの立ち位置だから、というのもあるし、彼自身がさほど大きな問題を起こすようなタイプでもなかったからだ。兄弟の中でも年が離れて出来た子というのもあって、とにかく猫可愛りに扱《あつか》ってきた。

ところが。

――……ううむ。まさかこう来るとは。

目の前で緊張に強張《こわば》った顔を晒《さら》して玄関に立っている男前を眺めつつ、辰巳は顎《あご》をさする。

本日、蜷川邸へ顔を出した霙の客人である男の名前は、佐藤録朗《さとうろくろう》という。

かつての辰巳の好敵手《ライバル》であり、恋敵《こいがたき》であり、詫《わ》びなければならない相手の直系の孫。

そして、辰巳の引くおでん屋台の常連客。

そんなキャラに、更に「孫の恋人」というステータスが乗っかったらしい。

「……ほほーう」

他になんと言っていいかわからずそう呟けば、対面の男は脂汗《あぶらあせ》を滲《にじ》ませた。

つい先日、佐藤は霙のおかげで恋愛がうまくいった、と報告しにきた。

その後、「今度初めて恋人の家に行くことになったんです」なんて、日本酒を傾けながら機嫌良さそうに笑ったので、へえ、そりゃあ気合い入れていかねえとなあ、などと辰巳も返したわけだったのだが。

「……ほっほーう」

なるほどそういうことかい、と顎を引く。

だが当の本人も、今日辰巳と顔を合わせるとは思っていなかったのかもしれない。とはいえ、驚いているポイントは果たしてそこだけだろうか。

恋人が祖父と同居していたことを知らず、鉢合《はちあ》わせたことにびっくりしているのか。それとも、霙の実家の大きさに戦《おのの》いているのか。

——両方、かねえ。だろうねえ。

青い顔をして冷や汗をかく恋人の様子にまったく気づかず、霙は呑気《のんき》に「じいちゃん、なんか用？」と首を傾《かし》げている。

佐藤は肚《はら》を決めたのか、表情を引き締め、頭を下げた。

「……お邪魔してます。佐藤録朗と、申します」

霙さんとお付き合いさせて頂《いただ》いてます、と続くかと思ったが、逡巡《しゅんじゅん》しているようだ。

霙は今日、友達を呼ぶ、と一応対外的に誤魔化してはいた。きっとそれがわかっているので、身の振り方を迷っているのだろう。

辰巳はにやっと笑って、屋台に顔を出した相手に対するのと同様に「おう、よく来たな」とだけ返した。

見つめ合い、まるで間合いを測《はか》るように互いにうかがう。

そんなやりとりに、霙が不思議そうな顔をした。

「改まってどうしたの。初めてじゃないじゃん、二人とも」

「あ、いや……」

「まーな。おう霙、茶」

佐藤の腕を摑んでそう言うと、霙は目を丸くして「はぁ⁉」と不満げな声を上げた。

「なんで俺が⁉」

「客に茶ぁ出すのは基本だろうが。吉田さんに頼むだけだろ？　はよ行け。それともお前、客に茶の一つも出さない気なのか」

「茶くらい出すよ！　けど、佐藤さんはじいちゃんの客じゃなくて俺の客じゃん！」

きゃんきゃんと言い合う二人の間で、佐藤がおろおろとしていた。

容姿はかつての友人に似ているが、性格は似てないものだな、とまったく別のことを考える。佐藤一郎《いちろう》は無表情でマイペース、滅多《めった》に感情を顔に出さない男だった。

「応接間にいるから、早く持って来いよ」

「えー！　今から俺の部屋に行こうと思ってたのに」

「……ほーう？」

霙の部屋は二階の一番奥にある。当然霙の自室なので密室になるわけだが、二人でこもってなにをするつもりだったのか、という思いを込めて佐藤を見やった。

視線の意図に気付いて、佐藤ははっと目を瞠《みは》る。そして、降参するように両手を上げ、ぶんぶんと首を振った。

霙は、そんな恋人の様子に気づかない。

「佐藤さんだって、俺の部屋でゆっくりしたいよね」

「み、霙くん！　俺、おじいさんともちょっとお話したいな！」

「えー!?　なにそれ、そんなの屋台でやればいいじゃん！」

不満げに唇を尖《とが》らせる霙に、佐藤はしどろもどろに言い訳を始める。

それを傍目《はため》で眺めつつ、辰巳は口元を隠した。

——やべえ。面白《おもしれ》え。

実のところ、確かに「可愛い孫」だという認識ではあるが、もう大人なので人に迷惑をかけなければ霙が誰とどういう付き合いをしても構わないと思っている。もしそれで泣くことがあっても、霙の自己責任だ。

だが、なにを言っても動じなかった友人と同じ顔で、ここまであからさまに動揺してくれる佐藤が楽しい。くっくと喉で笑って、辰巳は追い払うように手を振った。

「ほら、早く持って来い」

「……わかったよ」

ぶつぶつと文句を言いながら、霙がキッチンへと消えていく。辰巳は顔面蒼白のままの佐藤の腕を引いて、応接間へと移動した。

ソファに強引に座らせ、その対面に腰を下ろす。かちかちに緊張している佐藤を見つめながら、辰巳はソファに深く腰掛け、足を組んだ。

「……お前さんが、霙の恋人ねえ？」

それだけを言って、口を噤《つぐ》む。

佐藤は、無言のまま俯いて色々と考えているようだった。誤魔化すか、認めるか、どうするか。そんなことを迷っているのかもしれない。

だが、ぐっと拳《こぶし》を握ると、迷いを吹っ切るように顔を上げた。

「——霙さんと、お付き合いさせて頂いてます」

はっきりとそう告げ、佐藤は唇を引き結ぶ。

その顔を見ながら、半世紀ほど前、もしかしたら友人はこんな顔で妻の前に立ったのかもしれない、そうしたら妻と結ばれたのは自分ではなかったかもしれない、とぼんやりとかつての友人と重ねた。

己の唇を親指で撫《な》で、辰巳は首を傾げる。

「……お前さん、俺と霙が血縁だって知ってたろ？」

問いに、佐藤の拳が強張《こわば》った。

何故《なぜ》言わなかった、何故今更緊張しているのか、という意地悪な質問はしなかった。だがはっきりと口にしないほうが、余計なことを考えさせてしまうかもしれない。

「ご報告が遅くなりまして……大変、不義理をしたと、思っています」

実のところ、そう遅いものではない。佐藤が「恋が叶《かな》った」と言いに来たのは、先月くらいだったはずだ。

——まあ、その間、何回か俺んとこ来てるわけだし、一度もそんなそぶり見せなかったってのは、ほんのちょっと気に食わねえけどなぁ。

とはいえ、仕方のないことではあるだろう。一体、世の中の同性カップルのどれほどが、すぐに交際を血縁者に報告しているだろう。同性でなくとも、結婚するかしないかわからないうちに、付き合ったばかりの恋人を家族に紹介する家庭も一握りだ。

——でもまあ、悪くない。

つつかれて、誤魔化しもせず臆面《おくめん》もなく、告白する佐藤は、悪くない男だ。少々気の弱い、というか悩みやすいところはあるようだが、きっと孫息子を泣かせたりはしないだろうとも思う。

霙が暴走して勝手に泣くことはあっても、佐藤が悲しませることは多分ないだろう。

「お前さんよ」

「はい」

「……もし、お前みたいな青二才にうちの孫はやれん。って俺が言ったらどうする?」

辰巳の科白《セリフ》に、佐藤は頬を緊張に強張らせた。

孫は祖父のものでもないし、そんなことを言う権利が自分にあるとも辰巳は思っていない。

だが好奇心に駆られてそう問うた辰巳に、佐藤は姿勢を正した。

「俺は、確かに青二才かもしれません。不調法ものですし、力やお金も、ありません」

でも、と佐藤が言い募《つの》る。

「──でも、霙くんを思う気持ちは、誰にも負けませんから」

だから許してくださいと、そう言うつもりではないのだろう。ただ、愚直《ぐちょく》に自分の気持ちを吐露《とろ》した、という態《てい》の佐藤に、辰巳は眩《まぶ》しいものを見るように目を眇《すが》めた。

「──じいちゃん、なにやってんだよ」

割って入った声に、辰巳と佐藤は顔を向けた。

ティーセットを乗せたトレイを持った霙が、なんとも言い難《がた》い表情で、応接間の入り口に立っている。

顔を曇らせながら、霙はつかつかと歩み寄ってテーブルにトレイを置き、佐藤の横に腰を下ろした。

「佐藤さんをいじめるなよ」

「いじめてなんてないだろ」

英国製のティーカップを手に取り、辰巳は紅茶を啜《すす》る。

「いじめてなかったらなんなんだよ」

いつから二人の会話を聞いていたのか、紅茶は温《ぬる》くなりはじめていた。飲みやすくていいけどな、と内心で思いつつ、辰巳は肩を竦《すく》める。

「婿《むこ》いびり」

「——はぁ?」

霙は顔を顰《しか》め、佐藤はぎょっと目を丸くしている。

「だから、婿いびり。じいちゃんの茶目っ気だ、茶目っ気」

「茶目っ気でいびるのか、じいちゃん」

馬鹿じゃないのかと呆《あき》れた目を向ける霙に笑いながら、佐藤に一瞥《いちべつ》をやる。

佐藤はなんとも言い難い表情をしていた。

本人に向かって「婿いびり」などというのだから、本気の敵愾心《てきがいしん》がないことが伝わって安堵《あんど》しているのだろう。それに加え、揶揄《からか》われたことにぐったりしながらも、「婿」呼ばわりをされたことを喜んでいるようにも見えた。

それにはちょっとむかついたので、「一発殴らせろ」と言ってみる。佐藤が反応するより早く、霙が眦《まなじり》を吊り上げた。

「なんでそういうこと言うの!?」

「だから婿へ贈る言葉の定番っつったらこれだろ。おう、殴らせろ」

「ていうか、じいちゃんはばあちゃんと結婚するときに割と卑怯《ひきょう》な手使ったくせに、なんで自分のときばっかかそうなわけ!?」

「馬鹿お前、俺だってばあさんを貰《もら》うときに、親父さんに殴られそうになったんだぞ」

ただし、殴られる直前に反射で避《よ》けてしまって「貴様に娘はやらん！」と怒鳴られたが。

最低、と喚《わめ》く霙をよそに、佐藤は神妙な顔をして「わかりました」と首肯《しゅこう》した。

見上げたもので、本当に殴られようとしてか腰を上げる。それを、霙が慌てて止めた。

「わかりましたじゃないって！　いいから気にしなくて！　じいちゃんもやめろよ、佐藤さん本気にしちゃうんだからさぁ」

双方《そうほう》に呆れた表情を見せる霙に、佐藤が真剣な顔で向き合う。

「でも、霙くんとお付き合いするのに必要なことなら、俺は喜んで殴られるよ」

「……佐藤さん」

「それだけじゃない、俺、霙くんのために自分が出来ることだったら、それがなんだって厭《いと》うつもりはないんだ」

かき口説《くど》くように口にして、佐藤が霙の手を握る。

霙はそんな恋人に、ぽわんと見惚《みと》れていた。大きな澄んだ瞳の奥に、ハート型の幻が見える気がする。

何故この状況で二人の世界に浸《ひた》れるのか。付き合いたてというのはこういうものかと思いながら、強制的に蚊帳《かや》の外にはじき出された辰巳は、大きく咳払《せきばら》いをする。

二人ははっとして、しっかりと握り合っていた手を離した。

——二人のために世界はあるの、ってか。

若い二人の前途を祝してやろうという気持ちと、面白くない気持ちが半々になる。

自分にも似ているが、今は亡き最愛の妻の面影《おもかげ》も残す孫と、佐藤一郎によく似た男のツーショットに、半世紀ぶりの嫉妬《しっと》が蘇《よみがえ》るような気がした。

「佐藤」

「はい、霙くんを幸せにします！」

「――やっぱり殴らせろ」

つい願望を口にした辰巳に、「じいちゃん！」と孫の叱責《しっせき》が飛んだ。

この本を読んでのご意見、ご感想などをお寄せください。
栗城偲先生・樹要先生へのはげましのおたよりもお待ちしております。

〒113-0024 東京都文京区西片2-19-18 新書館
[編集部へのご意見・ご感想] ディアプラス編集部「恋に語るに落ちてゆく」係
[先生方へのおたより] ディアプラス編集部気付 ○○先生

- 初出 -
恋に語るに落ちてゆく：小説DEAR+15年フユ号（vol.56）
僕は君へと落ちてゆく：書き下ろし
おじいちゃんの婿いびり：書き下ろし

[こいにかたるにおちてゆく]
恋に語るに落ちてゆく

著者：**栗城 偲**くりき・しのぶ

初版発行：2015年11月25日

発行所：株式会社 新書館
[編集] 〒113-0024
東京都文京区西片2-19-18 電話（03）3811-2631
[営業] 〒174-0043
東京都板橋区坂下1-22-14 電話（03）5970-3840
[URL] http://www.shinshokan.co.jp/

印刷・製本：株式会社光邦

ISBN978-4-403-52392-2